DOUZIÈME ANNÉE.

ANNALES

DE L'ÉCOLE LIBRE

DES

SCIENCES POLITIQUES

RECUEIL BIMESTRIEL

PUBLIÉ AVEC LA COLLABORATION DES PROFESSEURS ET DES ANCIENS ÉLÈVES DE L'ÉCOLE

EXTRAIT

PARIS

ANCIENNE LIBRAIRIE GERMER BAILLIÈRE ET Cie

FÉLIX ALCAN, ÉDITEUR

108, BOULEVARD SAINT-GERMAIN 108

1897

Les ANNALES DE L'ÉCOLE LIBRE DES SCIENCES POLITIQUES, douzième année, 1897, paraissent tous les deux mois (les 15 janvier, 15 mars, 15 mai, 15 juillet, 15 septembre, 15 novembre), par fascicules grand in-8.

PRIX D'ABONNEMENT

1 an (du 15 janvier)

Paris..........................	18 fr.
Départements et étranger..........	19 fr.
La livraison.....................	3 fr. 50

On s'abonne à la librairie **FÉLIX ALCAN**, 108, boulevard Saint-Germain, Paris, chez tous les libraires, et dans les bureaux de poste.

Les années écoulées se vendent séparément : les trois premières, 16 fr., les suivantes, 18 fr. chacune. Les livraisons des 8 premières années se vendent chacune 5 fr.; à partir de la neuvième année, 3 fr. 50 chaque livraison.

LIBRAIRIE FÉLIX ALCAN

RECUEIL DES INSTRUCTIONS

DONNÉES AUX AMBASSADEURS ET MINISTRES DE FRANCE

DEPUIS LES TRAITÉS DE WESTPHALIE JUSQU'A LA RÉVOLUTION FRANÇAISE

Publié sous les auspices de la Commission des Archives diplomatiques au Ministère des affaires étrangères.

Douze volumes parus.

SOUS PRESSE POUR PARAITRE PROCHAINEMENT :

ESPAGNE. Tome II (complétant l'ouvrage), avec une introduction et des notes par MM. MOREL-FATIO et LÉONARDON.

SAVOIE et MANTOUE, avec introduction et notes par M. HORRIC DE BEAUCAIRE.

SOUS PRESSE :

DIÈTE GERMANIQUE, avec introduction et notes par M. AUERBACH.

VENISE, avec introduction et notes par M. PELISSIER.

REVUE MENSUELLE
DE L'ÉCOLE D'ANTHROPOLOGIE
DE PARIS

SEPTIÈME ANNÉE, 1897

ABONNEMENT : Un an (du 15 janvier) pour tous pays : 10 fr.

SOMMAIRE DE LA LIVRAISON DE JUIN 1897 :

LOUIS BLANC

ET

LA COMMISSION DU LUXEMBOURG[1].

(1848)

La classe des grands industriels et des grands commerçants avait vu sa fortune prospérer, son influence grandir sous la monarchie de juillet; tandis que le sort des ouvriers, aggravé par une concurrence croissante, par une baisse rapide dans le taux des salaires, semblait chaque jour plus pénible et plus menaçant. Ce contraste favorisa l'éclosion des doctrines socialistes. Des penseurs, frappés des iniquités humaines, cherchèrent dans de nouvelles organisations de la société les secrets de la justice et du bonheur. Les illusions d'un avenir brillant éclairaient d'un jour plus sombre les tristesses présentes. Aussi la révolution rencontra-t-elle une armée toute prête de mécon-

[1]. **Documents officiels** : le *Moniteur* (1848). — Rapport de la Commission d'enquête sur l'insurrection de juin (*Assemblée constituante 1848-49, Impressions, 13.* — *Procès-verbaux du comité du travail* (Archives de la Chambre des députés.) — *Statistique de l'Industrie de Paris* (1847-48). — Pétitions, convocations diverses (Bibl. Nationale [L. b. 53]). *Gazette des Tribunaux* (Procès de Bourges, 1849).
   Journaux contemporains : *L'Assemblée Nationale; Le Constitutionnel; Le Peuple Constituant; La République; La Réforme; L'Organisateur du Travail; La Sentinelle du Peuple; La Démocratie pacifique; La Sentinelle des clubs; La Voix des Clubs; La Tribune des Peuples; L'Illustration*, etc.
   Témoignages des contemporains : Articles du *Moniteur* rapportés dans : *Le Droit au travail au Luxembourg et à l'Assemblée constituante*; L. Blanc, *Histoire de la Révolution de 1848; Pages d'histoire sur la révolution de 1848*. — Garnier-Pagès, *Histoire de la Révolution de 1848*; Lamartine, *Histoire de la Révolution de 1848*; Regnault, *Histoire du gouvernement provisoire*; Odilon Barrot, *Mémoires*; de Falloue, *Mémoires*; de Normamby. *Une année de révolution*; E. Thomas, *Les ateliers nationaux*; Lalanne, *Lettres au National « sur les ateliers nationaux »*; de la Hodde : *Naissance de la République*; Alph. Luccas, *Les clubs et les clubistes de 1848*.
   Ouvrages de L. Blanc, de Vidal, de Pecqueur.
   Histoires générales : D. Sterne, La Gorse, Gradis, V. Pierre, J.-S. Mill, Spuller, etc.

tents excités par la haine, de malheureux poussés par le désespoir, qui comptaient tirer profit de la victoire républicaine. Des chefs se mirent à leur tête, soit par conviction, soit par intérêt, et combinèrent leurs efforts pour faire triompher les revendications du prolétariat naissant. Ce fut dans ces conditions et pour ce but qu'ils obtinrent la création de la Commission du Luxembourg.

Cette institution, dont l'importance historique suffirait à justifier l'étude, offre encore l'intérêt d'une des rares expériences qui aient été tentées sous une sorte de patronage officiel, pour mettre le socialisme à l'épreuve de la pratique; et à ce titre l'examen impartial du rôle qu'elle a joué et des effets qu'elle a produits, joint à l'attrait des choses ignorées du passé l'utilité d'un enseignement social pour l'avenir.

PREMIÈRE PARTIE

Création et organisation de la Commission.

I

Quand, le 24 février 1848, après deux jours et demi de barricades, la République fut proclamée et un gouvernement provisoire institué, deux partis se disputaient la direction des affaires; chacun avait ses organes et ses chefs. Le *National* était surtout un journal politique où Marrast, Dupont de l'Eure, Fr. Arago, Garnier-Pagès, Marie, Goudchaux, Carnot défendaient des opinions libérales et modérées; la *Réforme* accordait une plus large place aux revendications sociales, et se faisait l'écho des idées avancées qu'y soutenaient Ledru-Rollin, Flocon, L. Blanc. Malgré la diversité de leurs tendances, ces deux groupes avaient senti la nécessité d'un accord, pour assurer le fruit de leur commune victoire; et après de longues discussions, chacun avait réussi à se faire représenter dans le gouvernement provisoire.

L'union était factice et éphémère; dès les premiers jours, la fraction radicale du conseil, dont le principal représentant était l'auteur célèbre de l'*Organisation du travail*, chercha à tirer profit d'une situation encore troublée. Le 25 février, servi par un mouvement populaire organisé par quelques ouvriers, L. Blanc réussit à arracher à la signature de ses collègues un décret où « le gouvernement de la République française s'engageait à garantir l'existence de l'ouvrier par le travail et à garantir du travail à tous les citoyens ». L'instigateur de cette déclaration espérait ainsi que « le pouvoir se trouvant lié par une promesse solennelle, serait amené à mettre activement la main à l'œuvre[1] ». Pour obéir aux nécessités du moment, et donner un commencement d'exécution à cet engagement, le conseil institua, à la date du 26, les ateliers nationaux. Cette création n'était qu' « un prétexte d'assistance publique, un expédient d'urgence[2] ». Elle ne pouvait suffire à satisfaire les exigences de L. Blanc et les désirs du peuple.

Le 28 février, le Conseil était occupé à délibérer, quand, vers midi, une députation de partisans et de disciples de L. Blanc se présente aux portes de l'Hôtel-de-Ville, suivie d'une foule de plusieurs milliers d'ouvriers. Ils viennent demander « la création d'un ministère du progrès, l'organisation du travail, l'abolition de l'exploitation de l'homme par l'homme ». Louis Blanc saisit avec empressement l'occasion que lui offre cette manifestation, et il réclame de ses collègues l'institution désirée par le peuple : une administration spéciale peut seule organiser efficacement le travail sur des bases équitables ; l'attribution d'un nouveau portefeuille à un membre du gouvernement qui n'en est pas encore pourvu peut seule remédier à l'état d'infériorité dans lequel il se trouve. Cette prétention soulève des protestations indignées ; une discussion fort vive s'engage, au cours de laquelle Louis Blanc veut donner sa démission. Cette menace jette le trouble dans le conseil ; une scission au sein même du gouvernement peut rallumer la guerre civile. Garnier-Pagès tente une transaction, et propose d'établir une commission pour les travailleurs qui, présidée par Louis Blanc, serait chargée de préparer, de discuter et d'élaborer pour l'Assemblée nationale, toutes les réformes relatives au travail et au sort des travailleurs. Louis Blanc commence par refuser énergiquement de signer cette capitulation ; mais Arago intervient, et au nom de sa vieille amitié l'adjure de ne pas persister dans une résolution qui peut soulever Paris ; il offre même de siéger dans la commission, en qualité de vice-président, pour l'aider et le soutenir. Ces prières affectueuses, la crainte d'une responsabilité grosse de périls ébranlent la résistance de L. Blanc. Il réfléchit qu' « une occasion souveraine se présente pour le socialisme d'avoir à sa disposition une tribune d'où il parlerait à toute l'Europe[3] ». L'espoir de pouvoir travailler pour sa cause le décide. On arrête immédiatement qu'une « commission de gouvernement pour les travailleurs » est instituée sous la présidence de L. Blanc et la vice-présidence d'Albert, qui, en qualité d'ouvrier, avait plus que tout autre des titres à cette fonction. Marrast, afin de flatter l'orgueil de son

1. L. Blanc, *Histoire de la Révol. de 1848*, I, 129.
2. Lamartine, *Histoire de la Révol. française*, II, 112.
3. L. Blanc, *Op. cit.*, I, 134.

collègue et la vanité du peuple, propose qu'on affecte pour résidence à la Commission le palais du Luxembourg. Les membres du gouvernement signent tous le décret rédigé par le jeune socialiste [1]. L. Blanc descend ensuite sur la place de Grève, pour faire connaître aux pétitionnaires la décision qui vient d'être prise; dans une courte allocution, il les engage à reprendre le travail et les exhorte à donner l'exemple de la patience et de l'ordre. Les ouvriers applaudissent à ces paroles, qu'ils saluent du cri répété de « Vive la République », et se retirent paisiblement, en entonnant le chant de la *Marseillaise*.

Le lendemain, de nombreuses corporations vinrent faire devant l'Hôtel-de-Ville une démonstration pacifique, et quand Louis Blanc leur eut exposé l'objet et le but de la mesure adoptée, quand il leur eût affirmé que « la force du gouvernement provisoire était dans la confiance du peuple, et la force du peuple dans sa modération », il y eut un tel mouvement d'enthousiasme que l'orateur « fut enlevé sur les épaules de deux ouvriers, et porté autour de la place au milieu des acclamations [2] ».

Le récit des faits semble donc établir que tous les intéressés se trouvaient satisfaits de la transaction qui venait d'être signée, et qu'ils l'avaient conclue dans un même désir de concorde et de paix. Les aveux des membres du gouvernement décèlent des pensées bien différentes. Dupont de l'Eure, dans sa déposition à la commission d'enquête sur l'insurrection de juin [3], Lamartine, d'après ses confidences au marquis de Normamby [4], Garnier-Pagès [5], Marie [6], sont d'accord pour convenir que la création de la commission du Luxembourg, était un pur expédient politique, destiné à détourner l'activité des socialistes, à mettre au jour les illusions décevantes que cachaient leurs théories, et à ruiner le prestige de leurs chefs. Louis Blanc, au contraire, espérait assurer par ce moyen le triomphe de ses doctrines, le succès de ses revendications. Cet antagonisme latent allait être le germe des luttes les plus ardentes.

II

La première séance de la commission de gouvernement pour les travailleurs eut lieu le 1er mars 1848. A neuf heures du matin, deux cents ouvriers environ, « délégués, dit *le Moniteur*, par les

---

1. Voir le décret dans *le Moniteur*, 29 février 1848.
2, *Moniteur*, 1er mars 1848.
3. *Assemblée Constituante, Impressions*, 13; Commiss. d'enquête, I, 278.
4. De Normamby, *Une année de Révolution à Paris*.
5. Garnier-Pagès, *Histoire de la Révol. de 1848*, III, 166.
6. Em. Thomas, *Histoire des atel. nation.*, p. 47.

diverses corporations de Paris [1] », prirent place sur les sièges de l'ancienne salle des séances de la chambre des pairs. L. Blanc et Albert s'installèrent au bureau et la séance fut solennellement ouverte. Dans un discours vibrant d'émotion, le président s'étendit sur la nouveauté du spectacle que présentait ce « Parlement du travail ». Il essaya de définir l'objet et le but de la commission et se préoccupa surtout de l'organisation qu'il convenait de donner à ses réunions. La classe ouvrière devait avoir une représentation importante, mais sa collaboration ne pouvait devenir utile que si elle était limitée. Chaque corporation devait dans ce but se borner à élire trois délégués, dont l'un prendrait part aux travaux intérieurs de la commission, et les deux autres aux discussions des rapports, qui seraient examinés dans des assemblées générales périodiques. Cette proposition reçut l'approbation de la grande majorité des assistants. Seuls quelques ouvriers impatients vinrent réclamer à la tribune des solutions immédiates aux questions qui les préoccupaient ; une agitation tumultueuse se produisit, calmée bientôt par l'arrivée d'Arago, qui vint joindre ses exhortations pacifiques aux paroles conciliatrices du président. Les murmures cessèrent, les plaintes se changèrent en applaudissements, et l'assemblée se sépara aux cris de « vive la République! » Le même jour parut une proclamation du gouvernement provisoire, à l'effet d'engager les travailleurs à la modération.

Ce n'était pas avec des paroles qu'on pouvait calmer l'ardeur hâtive des ouvriers. Aussi L. Blanc s'appliqua-t-il à mettre de l'ordre dans la composition de la commission, pour qu'elle pût travailler avec fruit. Il envoya, dès la séance terminée, des émissaires aux chefs les plus connus des principales industries pour les inviter à se rendre auprès de lui dès le lendemain. Le 2 mars, à neuf heures du matin, eut lieu en effet, dans une des salles du palais, la réunion des patrons, qui avaient répondu en grand nombre à son appel. L. Blanc leur exposa l'objet de sa convocation, et soumit divers projets à leur

---

1. Nous n'avons découvert aucun document qui puisse nous donner quelque indication sur cette première élection. Ce qui semble certain, c'est qu'il n'y avait pas à cette époque de corporation organisée. Une lettre d'un ouvrier, Vinçard aîné, adressée à Louis Blanc, pour lui communiquer un plan de réformes sociales (*la République*, 17 mars 1848). contient en effet un passage où l'auteur demande, comme création nouvelle, la constitution de toutes les branches d'activité laborieuse du peuple en corporations. Mais il semble probable que les travailleurs et les patrons appartenant à chaque profession se réunissaient de temps en temps pour s'occuper de leurs intérêts communs. Nous en trouvons plusieurs exemples durant cette période : Réunion des filateurs le 3 mars 1848 (*l'Assemblée nationale*, 7 mars 48); réunion des typographes (id.); des cuisiniers et pâtissiers, salle Montesquieu, le 11 mars 48 (Voir Bibl. Nationale, L. 53 b. 459); convocation des dessinateurs, cour des Miracles, dans la salle des Frères, signée d'une sorte de bureau du syndicat (Voir Bibl. Nationale, L53 b. 890).

examen. Pour s'entourer de tous les conseils utiles, il s'assura dès le même jour la collaboration d'éminents économistes. Le 3 mars, on trouve réunis autour de lui Jean Reynaud, Toussenel, Vidal, Dupoty, Duveyrier, Malarmet, Pascal, Pecqueur, Dupont-White, Wolowski, Victor Considérant, qui, sur sa proposition, décident de s'assembler à de fréquentes reprises pour discuter en commun sur les réformes mises à l'étude [1].

Malgré cette activité déployée dans l'organisation si ardue de la commission, les ouvriers multiplient leurs demandes et redoublent leurs plaintes [2]. L. Blanc se voit contraint de leur adresser une nouvelle exhortation où l'on sent percer l'inquiétude et le découragement [3]. Il s'applique néanmoins à faire procéder avec toute l'équité et la célérité possibles à la nomination des délégués; mais là encore il se heurte à d'insurmontables obstacles; car il faut assurer une représentation à chaque industrie, la proportionner à son importance; il est également nécessaire de régulariser le mécanisme des élections. Dans un avis du 6 mars, Louis Blanc invite donc les ouvriers à nommer sans retard trois représentants pour chaque profession [4], et dès le 10 mars, il peut réunir tous les délégués dans une première séance solennelle [5], où l'on procède sans retard à la composition d'un comité de dix membres [6] chargés de faciliter les recherches et d'éclairer les décisions du bureau.

Le même jour, pour donner une sanction publique à l'élection des délégués, le *Moniteur* publia la liste des 242 ouvriers nommés, à raison de un, deux, ou plus généralement trois par industrie, avec

1. *Moniteur*, 4 mars 1848.
2. Pétition des blanchisseuses de Chaillot, des frangeuses (*l'Assemblée Nationale*, 8 mars 1848), des employés de chemins de fer (*la République*, 13 mars 1848).
3. *Moniteur*, 7 mars 1848.
4. Dans cette proclamation, Louis Blanc leur disait : « L'expérience de ces derniers jours nous a prouvé que vous avez des moyens très simples, très réguliers de vous concerter entre vous... » D'après les rares renseignements recueillis dans divers journaux de l'époque, il ne semble pas cependant que les procédés de nomination aient été fort rigoureux. Ainsi, d'après *l'Assemblée Nationale* (9 mars 1848), les ouvriers facteurs de piano et d'orgues expressifs élurent leurs délégués à deux degrés, le 7 mars, dans la salle des Vendanges de Bourgogne à la Chapelle. Saint-Denis; chaque maison commerciale nomma un nombre de représentants proportionnel à son importance, et ceux-ci réunis élurent les délégués à la commission. Les ouvriers des filatures nommèrent un délégué par atelier, sans tenir compte de la population de chacun (*l'Assemblée Nationale*, 7 mars 1848); les dessinateurs, dans l'appel pressant qu'ils adressèrent à leurs confrères, sans parler de leur mode de suffrage, semblent prévoir des absences, des négligences, qui laissent mal augurer de la régularité de leur choix (Convocation des dessinateurs. Bibl. nationale [L53 b. 890].
5. Voir pour le récit de cette séance : *l'Illustration*, 18 mars 1848 (art. de Félix Mornand).
6. Voir les noms et adresses de ces délégués au *Moniteur*, 11 mars 1848.

cette mention : « La publication donnée à ces noms servira de vérification des pouvoirs. » La nomenclature en est curieuse, car elle
nous dévoile les irrégularités, les étrangetés mêmes de la formation
de l'assemblée : des professions très spéciales ont réussi à envoyer
un certain nombre de représentants : les ouvriers en arcs-boutants de
parapluie, les stucateurs, etc.... On trouve une députation pour les
horlogers, et une autre pour les ouvriers en ressorts d'horlogerie. Les
femmes ont obtenu non seulement l'électorat, mais encore l'éligibilité, car on y rencontre les noms de brunisseuses en cuivre, de trico-
teuses, etc... Les lois de la proportionnalité ont été appliquées avec
peu de rigueur, car si tous les boulangers de la capitale n'ont pu
nommer que trois d'entre eux, trois ouvriers représentent par contre
les charbonniers du port de la Villette. « Chaque profession devait
être élue pour tous les ouvriers de sa partie, mais cette règle ne fut
pas observée : les délégués des menuisiers en bâtiment par exemple,
au nombre d'à peu près huit mille à Paris, ne furent nommés que
par environ six cents d'entre eux [1]. »

Le 11 mars, un avis de L. Blanc et d'Albert invite les patrons à
nommer également trois délégués par industrie, et le 17, ceux qui
ont justifié de leurs pouvoirs, se trouvent réunis en assemblée générale, au nombre de 231, représentant 77 corps de métier [2]. Après
l'allocution du président, interrompue par les événements de l'Hôtel-
de-Ville, on procéda au tirage au sort des dix industriels ou négociants
qui devaient composer le comité permanent, concurremment avec ceux
des ouvriers [3]. Le 19 mars, le *Moniteur* reproduisit pour les patrons
le même mode de publicité que pour les travailleurs.

Le 23 mars paraît une deuxième liste de délégués d'ouvriers; et
l'on retrouve dans cette nouvelle série de 454 inscrits des noms qui ont
déjà paru dans la précédente. L'usine de Tronchon, de Saint-Cloud, y
compte 37 des siens appartenant à divers corps de métiers : tels que
forgerons, ajusteurs, zingueurs, alors que chacune de ces professions
spéciales a une représentation distincte. Les lingères du lycée Louis-
le-Grand ont une des leurs à la commission; la papeterie du Pont de
Flandre, à la Villette, envoie trois délégués : les peigneurs de lin à la
filature des Indigents en ont deux. Le 6 avril, le président de la commission est encore obligé d'inviter les fabricants de faïences à nommer

---

1. E. Thomas, *Histoire des atel. nat.*, p. 26.
2. Ces professions étaient presque toutes représentées aussi par des délégués
d'ouvriers. La plupart se rattachaient au commerce, à la petite industrie, ou à
l'entreprise (de bâtiment et de transport). Quelques-unes seulement faisaient
partie de la grande industrie, comme les raffineries et les filatures.
3. Voir les noms au *Moniteur*, 18 mars 1848.

leurs trois représentants [1]. Jusqu'au dernier jour, la composition de la commission reste incomplète, mal proportionnée, incertaine, malgré les incessants efforts que fait Louis Blanc, pour combattre la négligence ou le mauvais vouloir, pour vaincre les difficultés de toute nature, qui rendaient cette organisation si délicate et si pénible.

Néanmoins, dès le 20 mars, on peut considérer la commission comme constituée en un comité permanent de dix ouvriers et de dix patrons, auxquels viennent s'adjoindre les divers économistes groupés par l'auteur de l'*Organisation du travail*. Ses séances se succèdent avec régularité sous la présidence de Louis Blanc, assisté d'Albert comme vice-président et de Vidal comme secrétaire général. Et de temps à autre, tous les délégués se réunissent en assemblées générales, pour entendre exposer les doctrines du maître et prendre part à la discussion des projets de réformes.

Malheureusement les événements politiques viennent exercer une influence pernicieuse sur la commission : vers la fin de mars, un comité d'action se forme dans son sein, puis un second groupe se constitue bientôt pour examiner les titres et mérites des candidats aux élections. Sur l'organisation primitive s'en greffe une nouvelle dont le rôle tout spécial fera l'objet d'une partie distincte de notre étude. Jusqu'au dernier jour de son existence, la commission fonctionne cependant sous les différentes formes que nous avons essayé de caractériser; c'est dans ses diverses fonctions que nous allons désormais la voir à l'œuvre.

DEUXIÈME PARTIE

Rôle économique et social de la Commission.

I

LES THÉORIES DU LUXEMBOURG.

I. Les discours de L. Blanc. — On a vu quelle était la mission confiée au Luxembourg. Il devait procéder à une enquête sincère sur les questions relatives au travail, et chercher, en tenant compte des intérêts divers, les moyens efficaces d'améliorer le sort des travailleurs. La présence de L. Blanc à la tête de la commission, la liberté qu'on lui avait donnée de l'organiser et de la diriger à son gré rendaient cependant impossible une étude impartiale et désintéressée. Le pré-

1. *Moniteur*, 7 avril 1848.

sident du Luxembourg devait s'occuper de solutions pratiques; ses travaux antérieurs avaient fait de lui un théoricien. On lui demandait de s'inspirer de l'expérience, de scruter les faits; imbu de l'esprit de système, il apportait des doctrines de toutes pièces. Il devait procéder à des recherches dont il était convaincu d'avoir déjà trouvé les résultats. Comment s'étonner dès lors que la commission ait été détournée de son véritable rôle, et qu'au lieu d'être un comité d'enquête, elle soit devenue une école?

Ce n'est pas à dire que L. Blanc ait cru par là manquer à ses devoirs. En répandant ses théories, il croyait très sincèrement remplir les fonctions dont on l'avait investi. Selon lui, il n'avait pas besoin de chercher plus longtemps les moyens de remédier à l'infortune des humbles. Le bonheur universel était assuré par la mise en pratique de ses enseignements; son existence ne dépendait que du nombre et de la foi de ses prosélytes. « Je me disais, écrit-il quelque part [1], que le Luxembourg promettait au socialisme une tribune sonore, et que faute de mieux, l'action par la propagande n'était pas un moyen révolutionnaire à dédaigner. » Bien plus, à ceux qui vinrent plus tard lui reprocher d'avoir voulu, au Luxembourg, enseigner et appliquer ses propres doctrines, n'était-il pas en droit de répondre : « Pourquoi m'avait-on envoyé au palais du Luxembourg? C'était pour y étudier une question sociale que la révolution de février nous donnait précisément à résoudre. Dans quel sens, cette question, devais-je la résoudre? Est-ce que ce n'était pas dans le sens des convictions de toute ma vie, est-ce que ceux de mes collègues qui m'envoyaient au Luxembourg ignoraient ce qu'avaient été mes écrits, ce que je pensais de la situation de la société et des moyens les plus propres à l'améliorer? Eh bien, oui, je suis allé à la commission de gouvernement pour les travailleurs, au Luxembourg, pour prêcher les doctrines que j'avais puisées dans l'étude,... et auxquelles j'ai résolu jusqu'au dernier moment de rester fidèle [2].... »

Un vice-président, d'opinions différentes, de tendances opposées, aurait pu balancer son influence; mais celui qu'on avait choisi, Albert, ancien membre de la Société secrète des « Saisons » « cédait au torrent par faiblesse [3] ». D'après L. Blanc lui-même, il s'étudia à détourner sur son collègue le bénéfice de son prestige, « toujours prêt, en son absence, soit à lui renvoyer le mérite de toute mesure bien accueillie, soit à prendre la responsabilité exclusive de toute

---

1. Lettre à M. C*** de l'*Indépendance belge* du 20 oct. 48. (Appendice à l'*Histoire de la Révolut. de 1848*, p. 273).
2. Discours du 25 août à l'Ass. constituante.
3. De la Hodde, *La naissance de la république*.

démarche exposée à être ou mal comprise ou mal jugée! Et cette
abnégation était d'autant plus admirable qu'elle avait sa source dans
un attachement illimité à la cause que L. Blanc servait et qu'il
croyait juste [1]. »

Quant aux membres du gouvernement provisoire, ils s'étaient proposé d'assister aux séances du Luxembourg « afin de contrebalancer
l'effet des théories de L. Blanc, par l'exposition nette des faits et
des voies praticables, mais le temps leur manqua absolument ».
L. Blanc se trouva donc en fait seul à la tête des délégués des corporations directement soumis à son influence. Et il put librement, du
haut de la chaire que lui ouvrait le Luxembourg, propager ses doctrines et prêcher l'adoption de son système.

Le 10 mars, jour de la première grande séance générale des délégués
ouvriers, il ne manqua pas, dès le début, d'en poser les principes fon-
damentaux. « Si la société est mal faite, refaites-la... Abolissez l'esclavage... C'est de l'abolition de l'esclavage en effet qu'il s'agit : esclavage de la pauvreté, de l'ignorance, du mal; esclavage du travailleur
qui n'a pas d'asile pour son vieux père; de la fille du peuple, qui, à
seize ans, s'abandonne pour vivre, de l'enfant du peuple qu'on ense-
velit à dix ou douze ans dans une filature empestée... Ce qui est à
chercher après-demain, demain, dans une heure, c'est le moyen de
réaliser l'association, de faire triompher le grand principe de la solidarité des intérêts [2]... »

Le 17 mars a lieu la première réunion solennelle des délégués des
patrons. L. Blanc leur expose les mêmes doctrines avec une insistance encore plus marquée : la Révolution de 89 a trop songé au mal
qui était à détruire et pas assez au bien qui était à réaliser. Il fallait
remplacer le monopole par l'association. « La concurrence n'est plus
la liberté!... La liberté ne pourrait exister que par l'association... La
question se réduit ainsi pour nous à voir comment l'association sera
organisée, de manière à satisfaire tous les intérêts [3]. »

Le 20 mars, ce n'est plus une assemblée générale de délégués, soit
des ouvriers, soit des patrons, c'est une séance où la commission
régulièrement constituée délibère pour la première fois en comité
permanent. Le président ne laisse pas échapper cette occasion de faire
un grand discours, où il trace les lignes générales d'un plan d'organisation du travail, soumis à la délibération des membres présents,
pour être ensuite déposé sur le bureau de la future Assemblée. Il
débute par les mêmes considérations sur la situation actuelle. « Le mal

1. L. Blanc, *Histoire de la Révol. de 1848*, I, 141.
2. *Moniteur*, 11 mars 1848.
3. *Ibid.*, 18 mars 1848.

présent est très grand... Il faut un remède. Voici ce que nous pro-
posons » ... Puis il reprend en détail l'exposition de ses idées.

Le 3 avril, il s'occupe encore d'appeler l'attention des délégués
réunis en assemblée générale sur les théories qu'il défend, et entre-
prend une nouvelle argumentation sur la critique de la concurrence et
l'éloge de l'association [1]. Le 27 avril, le jour même des élections, au
moment même où la liste lancée et patronnée par la Commission
essuie un échec désastreux [2], L. Blanc réunit les délégués, pour leur
exprimer ses sentiments au sujet de l'épreuve que ses idées viennent
de subir, et il ne résiste pas à la tentation de reprendre une fois de
plus l'exposé de ses grands principes. « Périssent nos personnes, périssent nos mémoires, pourvu que la vérité l'emporte [3] ! »

On peut donc affirmer que depuis le premier jusqu'au dernier jour,
L. Blanc a considéré la tribune du Luxembourg comme une chaire
du haut de laquelle il devait prêcher ses doctrines socialistes ainsi que
des articles de foi. Ses discours étaient plus que des leçons, c'étaient
des sermons sociaux. Il nous faut donc essayer de reconstruire le
système qui en était la matière, pour apprécier l'influence de cet
enseignement sur le peuple.

L. Blanc part de la critique de la situation sociale actuelle, qui
est le règne de la concurrence, pour rechercher les éléments d'une
liberté solide et vraie, et pour établir les bases d'une société nouvelle
fondée sur les principes de l'association. C'est cette opposition entre
une réalité où la violence triomphe des efforts et des volontés, et une
organisation idéale, où l'indépendance et la fraternité assureront le
bonheur humain, qui sert de pivot au système tout entier.

Il examine d'abord les lois qui régissent le capital, le travail et les
relations de ces deux forces économiques entre elles, et il trouve à
leur base la concurrence. Or la concurrence est la source de tous les
maux; on la considère comme l'exercice même de la liberté, mais
on s'abuse étrangement, car « l'ouvrier sans travail est-il libre de ne
pas mourir de faim [4] ? » La concurrence, loin d'assurer l'indépendance,
est la cause de l'appauvrissement général, du désordre industriel, de
la désunion, de l'injustice, de l'immoralité. Elle appauvrit la société,
car au lieu d'associer les forces de manière à leur faire produire leur
résultat le plus utile, elle les met en état de lutte et les détruit les
unes par les autres. Elle crée le désordre dans l'industrie, car elle
rompt l'équilibre entre la production et la consommation, qui seul

1. *Moniteur*, 4 avril 1848.
2. Voir plus loin, 3ᵉ partie, chap. III.
3. *Moniteur*, 28 avril.
4. Séance du 17 mars.

produit la richesse et ne peut être établi que par un régulateur souverain. Elle crée l'anarchie, elle est le triomphe du hasard, car elle met le producteur à la merci de la faillite du débiteur d'un de ses débiteurs, de la découverte d'un instrument mise au profit d'un concurrent heureux. « Elle réduit l'industrie à n'être plus qu'une loterie meurtrière [1].... » Elle met la désunion dans le sein de la classe ouvrière, en rendant nécessaires les compétitions entre ouvriers. Elle est la source de l'immoralité, puisque, produisant la misère, elle crée les voleurs, les assassins, les prostituées. Elle est même nuisible aux patrons, puisqu'elle conduit au monopole : « Si vous écrasez votre voisin de gauche, parce que vous êtes plus fort que lui, demain, en vertu du même principe, et par le même procédé, n'est-il pas manifeste que votre voisin de droite vous écrasera [1]?... On a crié de nos jours, laissez faire, laissez passer!... C'était dire : malheur aux plus faibles, malheur aux vaincus!... Le laissez passer, c'est le laissez mourir [2]! »

Il faut donc empêcher cette concurrence désordonnée, anarchique, meurtrière qui mène l'humanité à sa ruine matérielle et morale. Mais alors, ajoute-t-il, on va nous accuser en supprimant la concurrence, de confisquer la liberté. Qu'on se rassure! Nous sommes plus que tout autre attaché à ce principe; mais nous voulons l'établir autrement et mieux; la concurrence n'est pas la vraie liberté; elle n'est liée à elle que de nom. « Dans une société où les conditions sont inégales, l'individualisme, ce n'est pas la liberté, c'est la guerre [3]. » L'ignorance et la misère constituent le plus dur des esclavages. Un homme pauvre, parce qu'il est né d'un pauvre, n'a pas le droit de gratter ce morceau de terre, de boire à cette fontaine, de cueillir ce fruit, de tuer cet oiseau, pour s'en nourrir!... La loi du plus fort, voilà ce qu'est la concurrence, peut-on dire que ce soit la liberté?... La liberté ne consiste pas seulement en un droit vague, chimérique, ce n'est pas un mot sans consistance et sans portée. « La liberté est le pouvoir qui appartient à l'homme d'exercer à son gré toutes ses facultés, dit la Déclaration des droits. Oui, la vraie liberté, c'est le pouvoir de développer librement toutes ses aptitudes, en même temps que le pouvoir de satisfaire complètement tous ses besoins [3]. »

L'homme a reçu de la nature certaines facultés. Mais elles ne lui ont pas été données pour qu'il les exerce solitairement, elles sont donc l'indication suprême de ce que chacun doit à la société dont il est membre. Plus un homme peut, plus il doit. D'où l'axiome du

1. Séance du 3 avril.
2. Séance du 17 mars.
3. Séance du 17 mar .

devoir : « De chacun, selon ses facultés ». Mais, avec des facultés, l'homme a reçu de la nature des besoins. Or, quel moyen que chacun remplisse la fonction pour laquelle la nature le créa, si les institutions sociales font obstacle au développement de son être, en empêchant la satisfaction de ses besoins? D'où un deuxième axiome qui correspond au premier et le complète, en représentant la norme du droit : « A chacun selon ses besoins ». « Quand je demande, dit L. Blanc, que le principe de l'égalité des salaires soit proclamé, vous comprenez bien que cela ne réalise pas le véritable principe, mais je dis qu'il y a là un acheminement à la réalisation du principe véritable, parce qu'on détruit le rapport injuste, le rapport inique qui a été établi jusqu'ici dans la société entre les facultés qui correspondent à l'homme passif, c'est-à-dire à l'homme qui a besoin, et non pas à l'homme qui a des forces [1]. »

Or, si c'est là la véritable liberté, il faut assurer son développement, et le seul moyen pacifique, salutaire d'y parvenir, c'est d'implanter le régime de l'association, au moyen de l'intervention de l'État. « L'association est le plus grand chemin de la liberté, la question se réduit ainsi pour nous à voir comment l'association sera organisée de manière à satisfaire tous les intérêts [2] ». Mais le rôle de l'État doit se borner à se faire « le tuteur de la société, le protecteur de tous ceux qui souffrent [3] », sans se faire l'accapareur de la production. « Aux entrepreneurs qui se trouvent aujourd'hui dans des conditions désastreuses et demandent que l'État intervienne et prenne leur place, il faut répondre : l'État y consent. Il les indemnisera et se substituera à eux. Puis aux ouvriers, l'État dira : « Vous allez travailler désormais dans ces usines comme des frères associés; pour la fixation de vos salaires, il y a à choisir entre deux systèmes : ou des salaires égaux, ou des salaires inégaux; nous serions partisans, nous, de l'égalité parce que l'égalité est un principe d'ordre, qui exclut les jalousies et les haines [4]. »

Les aptitudes, si elles peuvent régler la hiérarchie des fonctions, ne donnent pas un droit à des rétributions inégales : « La supériorité d'intelligence ne constitue pas plus un droit que la supériorité musculaire, elle ne crée qu'un devoir. Il doit plus, celui qui peut davantage. Voilà son privilège [5] ». Donc les salaires doivent être égaux. Mais, objectera-t-on, l'égalité tuera l'émulation. Ce serait vrai, si on prétendait implanter instantanément l'égalité dans le système qui nous

1. Discours du 27 avril. Voir Commiss. d'enquête, I, 118-140.
2. Séance du 27 avril.
3. Séance du 27 avril.
4. Séance du 20 mars.
5. Séance du 3 avril.

régit. Mais parmi les travailleurs associés, il y a d'autres stimulants, des stimulants plus élevés que l'argent et tout aussi puissants : l'honneur, le sentiment de la fraternité ou de la gloire qu'il y a à faire du bien à ses semblables : « Qu'on plante dans chaque atelier un poteau avec cette inscription : Dans une association de frères qui travaillent, tout paresseux est un voleur, et les ouvriers travailleront à l'envi! [1] » Actuellement, l'égalité des salaires serait une prime à la paresse et détendrait le ressort de l'activité individuelle. « Aussi, dit L. Blanc, n'avons-nous eu garde d'exclure le système de l'inégalité, quoi qu'en aient pu dire des hommes qui trompent le peuple. Ce qui est vrai, c'est qu'à ce système, plus conforme à la situation présente, nous en avons opposé un autre plus en rapport avec nos pressentiments de l'avenir ». Bien plus, l'égalité même des salaires n'est qu'un régime de transition, car il faut bien remarquer que l'égalité juste, équitable, c'est l'égalité relative, l'égalité prise dans le sens non d'identité, mais de proportionnalité, et non pas assurément la proportionnalité suivant les facultés, suivant les capacités intellectuelles et physiques, ce qui serait retomber dans l'inégalité du système actuel, mais dans la proportionnalité suivant les besoins. D'où, au point de vue industriel et commercial, la formule du devoir et du droit se transforme en celle-ci : travail en proportion des aptitudes, salaire en proportion des besoins.

Mais une fois les salaires payés, l'intérêt du capital (que L. Blanc ne semble pas supprimer), les frais d'entretien et de matériel acquittés, le bénéfice devra recevoir une répartition équitable. L'État d'une part, les travailleurs de l'autre, se les partageront après avoir eu soin d'en réserver une portion au fonds de réserve et une autre à la caisse de secours pour les vieillards, les malades et les blessés [1].

Ainsi se constituerait l'association dans un atelier. Il faudrait l'étendre ensuite à tous les ateliers d'une même industrie; pour la réalis ", il faudrait en additionnant le prix de revient au chiffre d'un bénéfice licite, déterminer un prix uniforme pour empêcher la concurrence. Le salaire ne devrait pas être absolument identique dans tous les ateliers d'une même industrie, car les conditions de la vie matérielle ne sont pas égales sur tous les points de la France. La véritable égalité résiderait donc là aussi dans une proportionnalité.

L'association doit rayonner plus loin encore, et s'étendre à tous les membres de la société. Pour atteindre ce but, il faut réunir en une somme totale les bénéfices perçus, et la partager entre tous les travailleurs; puis des divers fonds de réserve, faire une caisse de

1. Séance du 20 mars.

mutuelle assistance qui n'appartiendrait à aucune industrie en particulier, mais à toutes collectivement. La répartition du capital de la
société entière serait confiée à un conseil d'administration placé à la
tête de tous les ateliers, et pour chaque industrie, la direction serait
attribuée à un ingénieur de l'État.

Toutes ces mesures se feront progressivement et sans violence.
L'État donnera des modèles ; à côté de lui subsisteront les associations
privées ; car il ne doit pas accaparer l'industrie. Celui des deux systèmes qui réussira le mieux finira par s'imposer et rester seul. Il ne
s'agit que de faire une expérience sincère et loyale ; le succès n'en
saurait être douteux. Celui des associations par l'État se développera
peu à peu. « Ce sera la pierre jetée dans l'eau, et traçant des cercles
qui naissent l'un de l'autre, en s'agrandissant toujours ». « Pour que
la liberté existe, il faut la mettre dans l'égalité, et pour que l'égalité
elle-même se maintienne, il faut la sanctifier par le sentiment de la
fraternité [1] ». « Soyez frères, vous serez riches ; soyez frères, vous serez
heureux par le devoir [2]. »

Tel est l'ensemble des enseignements que L. Blanc professait au
Luxembourg. C'était, comme le dit justement Lamartine [3], « une
sorte de communisme industriel, qui ne dépossédait nominalement
ni le propriétaire du sol, ni le propriétaire du capital, mais qui en
les dépossédant de leur liberté, les anéantissait réellement dans leur
action, et équivalait à une confiscation de tout capital, puisqu'il
était la confiscation de tout intérêt ». Nous ne pouvons ni ne voulons
entrer dans la critique de cette doctrine, en montrer les erreurs, en
dévoiler les faiblesses ; mais il est important d'en bien marquer ici
le caractère essentiel pour expliquer son ascendant sur la foule. Or
un écrivain subtil a pu dire avec justesse : « L'objectif de justice
absolue en était à la fois la séduction et le danger [4] ». C'est que tout,
en effet, dans les théories de L. Blanc, semblait empreint de la plus
profonde moralité. La critique de la concurrence, son éloge d'une
liberté vraie assurée par l'association s'inspiraient de la pitié pour la
souffrance et l'iniquité, et de l'amour pour la fraternité et la justice.
Ses doctrines s'adressaient moins aux esprits qu'aux cœurs : elles
produisaient par là même une impression plus forte et plus rapide
sur le peuple.

L'éloquence de leur auteur contribuait aussi pour une large part à
les y faire pénétrer. C'était un orateur entraînant et passionné.

1. Séance du 20 mars.
2. Séance du 3 avril.
3. Lamartine, *Histoire de la Révolution de 48*, I, 268.
4. Pailleron, *Discours de réception à l'Académie* (1884). (Sur Charles Blanc).

Quoique nourri de principes abstraits, il atteignait au pathétique, et la chaleur de l'improvisation le portait vite à l'émotion communicative qui enthousiasme les foules. Malgré l'exiguïté de sa taille, il ressortait « par le feu sombre de son regard, l'énergie de ses gestes, l'éclat métallique de sa voix ». Ses accents de conviction sincère trouvaient des échos chez ses auditeurs, émus par sa parole entraînante ; et c'est ainsi que peu à peu ses idées se répandaient dans la masse ouvrière.

II. **L'exposé général de la Commission** [1]. — Mais ses discours ne nous font connaître qu'une partie des théories du Luxembourg. Dans les assemblées qu'il présidait, Louis Blanc cherchait avant tout à frapper l'imagination de ses auditeurs, à les émouvoir, pour laisser en eux une impression profonde. Aussi s'attachait-il, nous l'avons vu, à une critique violente des injustices et des abus de la réalité présente, et ne donnait-il que des aperçus généraux et vagues sur le régime de l'association qu'il voulait substituer à celui de la concurrence. La Commission avait cependant reçu pour mission de préparer des réformes pratiques qui seraient soumises au vote de l'Assemblée ; elle devait donc présenter sous la forme d'un projet d'ensemble, les diverses mesures qu'elle préconisait pour l'amélioration du sort des ouvriers.

L. Blanc voyait tout son temps absorbé par les conseils de gouvernement et les réunions de la commission ; il crut donc pouvoir confier à deux de ses plus actifs collaborateurs, Vidal et Pecqueur, la tâche d'élaborer un plan de réformes ; ils y travaillèrent en commun et le résultat de leurs investigations constitua une œuvre très sérieusement étudiée, très méthodiquement conçue. Tout en s'inspirant des principes généraux que nous venons d'exposer, il furent entraînés, par la direction pratique qu'ils donnaient à leurs recherches comme par les tendances propres à leur esprit, à s'écarter quelque peu des doctrines de L. Blanc, et à corriger ses exagérations. Après avoir analysé leur travail, nous serons donc amené à comparer le système qu'ils y préconisent avec les théories du président de la Commission.

L' « exposé général » se trouve divisé en deux parties fort inégales d'étendue et d'importance ; dans la première, qui ne nous intéresse que pour mémoire, les auteurs rappellent les conditions dans lesquelles la commission a été instituée, la situation économique à laquelle elle a dû chercher des remèdes, les mesures qu'elle a cru utile de proposer à la sanction du gouvernement provisoire. Mais,

1. *Moniteur*, 27 avril, 2, 3, 6 mai 1848.

ajoutent les auteurs, « le temps est passé des vains palliatifs; à une situation désespérée, il faut des remèdes souverains. Lesquels? C'est ce que nous avons cherché de bonne foi, en tenant compte des nécessités d'une transition [1] », et la deuxième partie tout entière est consacrée au plan des réformes qui doivent améliorer le sort des travailleurs.

Pour justifier le bouleversement que va provoquer la substitution des nouvelles institutions aux anciennes, les auteurs tracent un tableau effrayant des maux qui ruinent la société contemporaine : « L'édifice économique du passé craque de toutes parts, miné dans ses fondements; et la société, telle que l'ont faite la concurrence et l'isolement, est devenue presque impossible. Voici le moment venu de compter avec la misère, d'aviser aux mesures réparatrices. »

Deux grands principes nouveaux doivent servir de fondement aux rapports politiques et sociaux des citoyens : l'association, qui peut seule donner satisfaction aux devoirs de la fraternité humaine et mettre un terme à la déperdition des forces productives, aux luttes des hommes et des classes; l'intervention désintéressée de l'État, qui saura seul assurer le respect de l'égalité et de la justice, en garantissant à tous les citoyens des conditions égales de développement physique, intellectuel et moral. On doit donc favoriser la coopération, l'imposer même, s'il est besoin; on doit investir l'État de la mission de distribuer le crédit, de régulariser les échanges, de fournir le travail et les moyens de l'accomplir, pour faciliter l'accès de la richesse et réparer les injustices du sort.

Tels sont les fondements du nouvel édifice social que Vidal et Pecqueur rêvent d'édifier. Ils ne le créent pas de toutes pièces; à côté de parties entièrement neuves, ils en laissent subsister d'anciennes qu'ils transforment. Ils estiment qu'on peut tirer profit des centres de travail déjà existants, en leur donnant la forme d'ateliers sociaux, après le rachat des usines, et la substitution de l'État aux entrepreneurs. Cette modification de régime sauvera à la fois les patrons de la ruine, et les ouvriers de la misère. On peut aussi transformer les institutions de crédit, de façon à mettre à la portée de chacun les moyens financiers nécessaires au travail. Mais les besoins actuels exigent plus que des améliorations; il faut aussi des organisations toutes nouvelles. L'État doit multiplier les centres de production, et créer des débouchés, en montant des ateliers agricoles pour repeupler les campagnes, de vastes entrepôts et bazars, pour faciliter la consommation et l'échange; en décrétant des travaux de

1. Exposé général, 1re partie, *in fine*.

chemins de fer, de canaux, de mines; il doit aussi réorganiser le crédit avec des banques nouvelles, rendre plus stable la sécurité des travailleurs, par les assurances. Examinons donc successivement avec les auteurs, le plan de ces réformes dans les sphères diverses de l'activité sociale, dans l'agriculture, l'industrie et le commerce.

L'agriculture les préoccupe tout d'abord, car elle est, selon eux, la source la plus féconde de la richesse, et cependant la plus délaissée. La vie des champs est aussi la plus vivifiante pour la santé du corps comme pour celle de l'esprit; il faut donc repeupler les campagnes, et cette émigration n'aura pas pour résultat unique d'améliorer la situation de ceux qu'attirent les avantages d'une existence saine et facile; elle allégera encore la condition de ceux qui restent dans les villes.

Pour rendre à la terre les bras qui lui manquent, il faut avoir des ateliers et organiser des colonies agricoles; les uns y apprendront, les autres y appliqueront les procédés d'agriculture les plus productifs et les moins coûteux; chacun y vivra en se rendant utile. Les associés pourront développer et utiliser leurs facultés, car ils recevront non seulement l'éducation professionnelle, mais encore les instruments de travail nécessaires; ils auront aussi la liberté de satisfaire leurs besoins, car chacun gardera la jouissance des produits amassés par lui.

En affectant cent millions à cette organisation, l'État pourra créer une colonie par département; le succès lui permettra d'en multiplier ultérieurement le nombre. Chaque colonie pourra contenir cent familles. Un agronome surveillera et dirigera les travaux; quant aux contre-maîtres, il les pourra choisir parmi les candidats désignés par les colons eux-mêmes. Le régime appliqué sera celui de la grande culture. Ce n'est pas à dire que la colonie doive être exclusivement agricole. Elle est destinée à devenir comme une petite cité qui se suffise à elle seule; elle comprendra donc un tiers d'artisans se rattachant à l'agriculture, tels que forgerons, charrons, maçons, menuisiers, etc., et un tiers d'ouvriers industriels pris dans les villes. Mais la spéculation sera toujours prohibée dans les colonies; il n'y aura ni boutiques, ni marchands; les provisions achetées par l'administration seront revendues par elles au prix de revient.

Il ne suffit pas d'organiser le travail, il faut assurer la vie des colons agricoles. Comment Vidal et Pecqueur y pourvoient-ils? Ils s'occupent d'abord de leur logement, et dans ce but, ils demandent la construction de vastes bâtiments ouvriers, qui comprendront des appartement distincts pour chaque famille; et aussi quelques salles communes à tous, telles qu'une bibliothèque, un lieu de réunion, un lavoir et une buanderie; et même une vaste cuisine économique, où les aliments, sains et bien préparés, seront vendus aux prix coûtants. Les colons profiteront donc des avantages de la vie collective, souvent plus commode, et surtout moins coûteuse; et ils auront cependant un foyer personnel, où ils pourront s'isoler à leur gré.

Pour ces établissements divers, il faut beaucoup de terrains; l'État pourra acheter les terres vagues des communes, défricher les landes, déssécher les étangs, assainir les marais. Si même l'intérêt le commande, il pourra s'emparer des propriétés particulières par le moyen de l'expropriation pour cause d'utilité publique. Les terres seigneuriales, les châteaux, cédés par les propriétaires de gré à gré, constituent des colonies toutes faites.

Quant aux résultats du travail, ils seront répartis de la manière suivante : on réservera d'abord un salaire aux travailleurs; le taux en sera uniforme, mais seulement pour les membres d'une même catégorie. Car Vidal et Pecqueur, à la différence de L. Blanc, admettent une hiérarchie dans les fonctions. C'est au conseil d'administration présidé par le directeur qu'est réservée la délicate mission de fixer les classes et de déterminer la rémunération de chacune d'elles. Le salaire est payé chaque semaine, d'après le taux moyen de chaque profession, et les besoins de chaque contrée; on y ajoute une part de bénéfices, mais seulement après le prélèvement opéré des frais d'exploitation et d'entretien, et de l'intérêt du capital engagé par l'État, à raison de 3 p. 0/0. Une fois ces diverses sommes payées, on répartit le bénéfice de l'exploitation : 1/4 est attribué à l'État, pour la création de colonies nouvelles; 1/4 est affecté à un fonds de secours pour les vieillards et les malades; 1/4 à un fonds de réserve, qui constitue une sorte d'assurance mutuelle entre toutes les colonies et tous les ateliers sociaux; le dernier quart enfin est distribué entre les colons, proportionnellement aux journées de travail fournies. L. Blanc préconisait, nous l'avons vu, la répartition suivant les besoins; Vidal et Pecqueur apportent une profonde dérogation à ce principe, puisqu'ils réclament le partage des bénéfices suivant le travail, et l'élévation des salaires d'après la hiérarchie des fonctions. Il y a entre les deux points de vue la différence qui sépare la théorie de la pratique.

Aux colonies pourraient être peu à peu annexés des écoles d'agriculture et des hospices. Les diverses colonies seraient reliées entre elles par des échanges, car chacune se livrerait aux seuls travaux conformes à ses aptitudes, et à sa situation géographique et géologique. Quant aux ressources dont l'État a besoin pour les créer, elles seraient fournies, et au delà, par les produits qu'il recueillerait des entrepôts, des bazars, des assurances et des banques.

L'agriculture en effet ne se suffit pas à elle-même; à côté d'elle, il y a une place pour le commerce, mais à condition que celui-ci reçoive une réglementation nouvelle, qui lui donne une utilité réelle. L'industrie commerciale déplace les richesses, elle ne les crée pas. La source unique de la richesse, c'est le travail. Il faut donc ramener le commerce à son rôle véritable; il faut supprimer les rouages dangereux, et proscrire les abus. Les commerçants, comme intermédiaires, ont droit à une rétribution; mais il doit leur être interdit de se livrer à la spéculation, qui n'est que l'art de s'enrichir aux dépens d'autrui.

Pour réformer le commerce, le réduire à sa fonction unique, l'État doit proposer des exemples à suivre, il n'a pas besoin de créer des monopoles, il lui suffit de donner des modèles, dont l'imitation se propagera librement. Ce que l'État doit établir, ce sont des entrepôts et des bazars; les premiers pour permettre aux producteurs d'emprunter sur consignation, sans trop de frais; les seconds pour leur donner des débouchés où ils écoulent leurs produits. Les entrepôts seront gérés par l'État, et administrés par des fonctionnaires responsables, et les auteurs exposent, en détail, le mécanisme des warrants et des prêts sur dépôt de marchandises[1].

Les entrepôts ne peuvent pas fonctionner sans les bazars; tenus aussi par des fonctionnaires de l'État responsables, les seconds seront aux premiers ce qu'est la boutique du détaillant aux réserves du marchand en gros. — La qualité des marchandises y sera expertisée et garantie; quant au prix, il sera fixé par le fabricant, et augmenté de 5 p. 0/0 pour frais de magasinage et de vente.

Les auteurs du projet vont au-devant des critiques : ces institutions, pourrait-on objecter, vont créer des monopoles au profit de l'État. — Qu'on se rassure; les boutiques particulières pourront subsister. — C'est du moins, dira-t-on, sacrifier les intérêts privés. — Il est vrai, répondent-ils, car l'amélioration générale ne peut être achetée qu'au prix de quelques préjudices. — Mais que d'avantages en regard de ces inconvénients! Les intermédiaires actuels prélèvent 15, 20, 50 p. 0/0; ils ruinent les producteurs, exploitent les consommateurs; tandis qu'avec l'organisation proposée, 5 p. 0/0 suffiront à rémunérer les entrepôts et les bazars, et laisseront encore 2.5 p. 0/0 de bénéfices, ce qui produira cent millions d'économie pour Paris!

---

1. Un fait curieux à signaler, c'est que l'institution des magasins généraux date de 1848 : un décret du 21 mars et un arrêté du 26 les instituent; mais la première loi organisatrice ne date que du 23 août 1848. Il semble donc légitime de conclure du rapprochement de ces dates, que les projets du Luxembourg n'ont pas été sans influence sur l'œuvre de l'Assemblée constituante.

Les risques qui subsistent pour chacun, il faut les réduire, en les répartissant sur tous : l'assurance, tel est le remède, ce n'est que « le principe de la solidarité et de la mutualité appliqué aux risques à courir, comme l'impôt, à un autre point de vue, est l'application du principe de l'association aux dépenses d'utilité générale ». L'assurance doit devenir nationale, obligatoire et mutuelle. Les assurés réaliseront, avec ce système, une économie de 50 p. 0/0, et l'État un bénéfice de plus de cent millions ! — Si on s'effraie d'un monopole immédiat au profit de l'État, on pourra laisser subsister les compagnies actuelles; mais les garanties de sécurité et d'économie que l'État offrira lui créeront un monopole de fait qui s'établira par le moyen de la liberté même.

Si l'État prend en main la direction de l'agriculture, du commerce, il doit aussi veiller à ce qui en est le moteur, au crédit. « Quiconque est maître du crédit peut devenir le maître de la France, écrivait Law au régent. Voilà, disent Pecqueur et Vidal, une des idées les plus fécondes qui aient jamais été émises... Faut-il permettre à une compagnie de spéculateurs d'enrayer à volonté l'industrie, le commerce, le travail, de s'emparer de tous les canaux de la circulation, de lever un tribut sur la société entière, de faire hausser à son gré l'intérêt des capitaux? » L'État doit donc être le grand distributeur du crédit. La source des bénéfices d'une banque de circulation, c'est l'émission du papier. Si donc l'État a seul le droit de battre monnaie, il doit avoir seul le droit de donner cours à la monnaie de papier. Et les auteurs font l'apologie de cette dernière. Les métaux précieux sont plus qu'un signe; ils sont un gage : la quantité en est limitée, et la valeur en est réelle; ils constituent par là même une monnaie imparfaite, trop peu abondante et trop coûteuse, dont la nécessité ne se justifie que par la méfiance des hommes. — Une monnaie vraiment démocratique, dans une société basée sur l'association, c'est le papier qui n'exige ni frais ni travail, et qu'on peut multiplier à son gré. Le papier n'est qu'un signe, une valeur dégagée d'un produit existant. C'est la seule vraie monnaie, parce qu'elle est essentiellement représentative : « Un temps viendra sans doute où le gage sera considéré comme superflu, où les simples promesses vaudront au moins les réalités... Alors on pourra prêter sur parole et sur un travail futur, comme on prête aujourd'hui sur un gage, et sur un produit réalisé. Mais nous n'en sommes pas encore là. Présentement nous devons nous borner au crédit sur les choses. » Une réforme immédiate qui s'impose cependant, c'est d'ouvrir l'accès de la banque non plus aux seuls capitalistes, mais aux industriels de toute classe. La création des entrepôts et des bazars permettra de réaliser ce progrès, à condition que la banque de Paris soit transformée en une banque d'État où les récépissés et warrants seront escomptés sans restriction.

La banque de Paris deviendra nationale, elle aura des succursales dans chaque arrondissement. Chacune sera destinée à fournir du crédit au travail et à émettre des billets, qui seront tous représentés par un gage et auront cours légal. Peu à peu, on en arrivera à se passer même de billets et tout se bornera à un balancement de comptes. Il suffira dès lors que chacun charge un banquier d'opérer toutes ses recettes et de payer toute ses dépenses, et que, par des comptes courants, tous les banquiers parviennent à fondre leurs caisses en une caisse commune. En se contentant d'un très léger bénéfice, la banque nationale pourra faire baisser à son gré le taux de l'intérêt, le réduire à une simple prime d'assurances. Les opérations consisteront en escomptes, ou conversions d'un titre particulier en un titre social et supérieur, d'une lettre de change en un billet d'État, puis en avances de capitaux aux associations d'ouvriers, et enfin, dans les temps de crise, en émission d'obligations qui permettront de se procurer momentanément du numéraire. Qu'on n'objecte pas que la banque de Paris possède un privilège qu'on ne peut lui enlever; elle n'a pas pu se conformer à ses statuts, en payant à bureaux ouverts; on doit donc proclamer sa déchéance!

L'exposé se termine par quelques considérations, destinées à écarter les craintes injustifiées des riches, et à encourager les espérances des humbles : « Que les heureux du jour se rassurent, qu'ils cessent de trembler pour leurs écus, et pour leurs propriétés, qu'ils jouissent en paix de leur fortune! Il ne s'agit point de les dépouiller pour enrichir les pauvres! Que sont, hélas! toutes les richesses accumulées en comparaison des richesses que peut créer le travail organisé, le travail disposant du levier du crédit!... Le peuple ne demande pas à prendre le bien des riches; il demande seulement que les riches ne lui prennent pas sa part légitime dans les produits de son travail. Il demande à ne plus payer aux entrepreneurs le tribut des produits excessifs, la dîme du marchandage. Il demande à travailler pour son propre compte; il demande à conquérir à la sueur de son front la liberté positive, l'aisance et le droit à la retraite, le pain du jour et le pain du lendemain, le droit à l'existence et aux joies de l'existence, pour lui, pour sa femme et pour ses enfants » !

Tel est dans son ensemble [1] l'exposé général de la Commission. Il

1. L'exposé général nous est parvenu incomplet. Les réformes annoncées dès le début, en ce qui concerne l'industrie et les ateliers industriels ne trouvent pas place dans les parties de l'exposé communiquées dans le *Moniteur*. Ce qui le prouve d'ailleurs, c'est que « la suite » promise après le dernier article consacré à la publication de l'exposé dans le journal, n'y fut jamais donnée. (*Moniteur,* 6 mai 1848).

se présente sous une forme méthodique et claire, sans prétention et sans recherche. Il ne contient plus de ces théories abstraites, de ces principes vagues, qui, en revêtant, dans la bouche de l'orateur, une forme imagée et brillante, faisaient impression sur la foule; nous n'y trouvons plus ces vastes aperçus systématiques qui, présentés avec une verve communicative, séduisaient les assemblées du peuple. L'exposé est une œuvre de réflexion, d'étude patiente et consciencieuse, qui s'adresse à des législateurs, une sorte de rapport élaboré avec une conscience très nette des nécessités de la pratique et un souci minutieux d'éviter les idées trop générales, pour attirer l'attention sur des réformes utiles et viables.

Ce n'est pas à dire que cette œuvre elle-même ne présuppose un système social antérieurement adopté. Le plan préconisé par les auteurs repose sur des principes socialistes. Mais ni dans leur fond intrinsèque, ni dans leur forme, ils ne sont identiques à ceux de L. Blanc. Le communisme industriel de « l'organisation du travail » semble se compliquer ici de germes collectivistes. L'État intervient bien plutôt pour équilibrer les conditions du travail, que pour enrégimenter les travailleurs. Nous ne voyons plus dans la répartition des bénéfices l'égalité proportionnelle aux besoins : la pratique réclame une certaine hiérarchie parmi les fonctions, et dans chaque classe, le partage des produits se mesure d'après les heures de labeur fournies.

« L'exposé » de la Commission est donc l'œuvre de deux économistes, d'opinions concordantes, qui se sont associés pour rédiger un programme de réformes pratiques, sans s'astreindre à reproduire servilement les doctrines du maître sous la direction duquel ils étaient placés. Aux principes socialistes développés par L. Blanc, et librement acceptés par eux, ils ont ajouté des vues personnelles, des idées propres qui sont le résumé de *la Répartition des richesses* de Vidal et de la *Théorie nouvelle d'économie sociale et politique* de Pecqueur; si donc un socialiste contemporain [1] a pu dire : « Vidal et Pecqueur mériteraient d'être plus connus, parce qu'ils sont les précurseurs du socialisme scientifique que Rodbertus, Marx, Engels, Lassalle et les principaux socialistes allemands devaient plus tard formuler avec tant de science et d'éclat », il semble qu'on puisse trouver dans leur exposé général une justification de cette appréciation. On y découvre en effet les principaux éléments du collectivisme; et on ne saurait nier qu'il renferme les aperçus les plus ingénieux et les plus nouveaux sur des questions importantes de l'éco-

---

1. Benoît Malon, *Histoire du socialisme*, II, 192.

nomie politique, telles que le crédit, la monnaie, les colonies agricoles, les entrepôts. C'était une œuvre qui méritait d'attirer l'attention.

Et cependant d'après des témoignages formels, elle resta entièrement inaperçue. Le public resta indifférent à la lecture qu'il put en faire dans le *Moniteur*; déposé sur les bureaux de l'Assemblée, le projet n'eut pas même les honneurs d'une discussion. Les doctrines de L. Blanc furent seules l'objet des préoccupations des députés ou de la foule, seules appelées au retentissement. C'était le président de la Commission qui semblait personnifier les théories du Luxembourg. Ses discours eurent sur les événements politiques une influence bien plus importante que les œuvres mûrement réfléchies, élaborées dans le calme et le silence.

II

LES RÉSULTATS PRATIQUES OFFICIELS.

Quelque préoccupé que fût L. Blanc de propager ses idées, il sentait la nécessité de chercher avant tout des remèdes aux maux qui accablaient le peuple. Sans doute, il était convaincu de l'efficacité de ses doctrines, et il espérait le vote des réformes dont le plan avait été établi dans l'exposé. Mais ces réalisations semblaient lointaines, et les travailleurs, sans ressources et sans travail, réclamaient du pain; ils ne pouvaient attendre, pour vivre. L. Blanc eut le mérite de comprendre cette situation; dès le début, il élabora avec la Commission du Luxembourg des mesures provisoires, qui devaient apporter quelque soulagement aux souffrances présentes, et servir d'acheminement à une transformation définitive des conditions du travail; il eut soin aussi de faire sentir la nécessité de ces satisfactions immédiates, distinguant toujours dans ses discours « entre les doctrines qui au Luxembourg furent présentées comme le but ultérieur, définitif, à atteindre, et les mesures d'un caractère purement transitoire qui y furent proposées comme immédiatement applicables [1] ».

Dès la première séance, le 1er mars, L. Blanc, en exposant l'objet pour lequel la Commission avait été instituée, s'efforça de montrer que son but devait être « d'étudier les questions relatives au travail, en en préparant la solution dans un projet qui serait soumis à l'Assemblée nationale, et provisoirement de faire droit aux demandes les plus urgentes reconnues justes [2] ».

La sincérité de ce langage ne fit qu'encourager les revendications

1. L. Blanc, *Histoire de la Révolution de 1848*, I, 147. Cf. L. Blanc, *id.*, I, 160.
2. *Moniteur*, 2 mars 1848.

pressantes, et donner un libre cours aux réclamations des ouvriers, dont on promettait de satisfaire l'impatience longtemps contenue. Le 1er mars, avant même qu'on eût procédé à la vérification des pouvoirs des délégués, certains d'entre eux montent à la tribune pour exposer les vœux de leurs camarades et en demander avec insistance la réalisation ; deux mesures sont l'objet des plus vives objurgations : la réduction des heures de travail, l'abolition du marchandage. L. Blanc, avant de mettre en discussion une réforme quelconque, veut organiser l'assemblée chargée de son examen. Mais les ouvriers ne veulent rien entendre ; leurs souhaits deviennent des menaces : les travaux ne reprendront que lorsque les deux problèmes auront reçu une solution satisfaisante. L'impatience des délégués ne se calme qu'après les exhortations pressantes du président et l'arrivée inattendue d'Arago. Ils conviennent de la nécessité de consulter les patrons sur l'opportunité de la mesure, avant que le bureau prenne une décision et ne la soumette à la ratification du gouvernement.

Nous avons vu de quelle façon les chefs d'industrie furent convoqués pour le 2 mars. Aussitôt réunis, ils entament la discussion sur les deux réformes.

Le marchandage les occupe tout d'abord : après les observations très minutieuses qui sont fournies sur cette pratique, les assistants parviennent à distinguer trois sortes de marchandage, qui, aujourd'hui, ne rentreraient plus toutes sous cette commune dénomination :

1° Le marchandage des tâcherons. C'est un procédé suivant lequel des entrepreneurs prennent à tâche un travail, qu'ils font exécuter ensuite par d'autres ouvriers à la journée, sous leurs ordres directs, en prélevant sur eux un bénéfice. De l'avis de tous, les intermédiaires ne rendent aucun service, et exploitent cependant ceux qu'ils mettent en rapport. Aussi les patrons demandent-ils eux-mêmes la prohibition de cet usage oppressif.

2° Le marchandage appelé le piéçard. C'est un travail à la pièce, avantageux pour l'ouvrier comme pour le patron. Les bénéfices y sont proportionnés à l'activité de l'ouvrier, la livraison est plus rapide ; ce mode de travail doit être conservé ;

3° L'entreprise par une association d'ouvriers, qui en s'unissant traitent directement et sans intermédiaire. C'est un procédé excellent, qu'il ne faut point songer à supprimer.

Le marchandage des tâcherons, qui est le marchandage proprement dit, soulève donc unanimement les critiques des patrons comme celles des ouvriers ; aussi est-il décidé qu'un décret sera proposé au gouvernement provisoire afin de l'interdire. Dès le même jour en effet, le décret est signé et promulgué : le marchandage est officiellement aboli.

La durée des heures de travail était une question plus délicate; sa solution devait exercer une influence sur l'industrie toute entière. Il semblait qu'une restriction législative de cette nature devait porter atteinte à la production, élever le prix des produits, assurer peut-être la supériorité de l'étranger. L. Blanc entrevoyait fort nettement ces conséquences. « Ne dissimulons rien, dit-il [1], c'est là une objection qui a quelque chose de fort sérieux. Elle prouve que les travailleurs ont intérêt à apporter de la mesure dans leurs réclamations les plus légitimes »... Il y avait plus : édicter une mesure quelconque sur ces matières, c'était consacrer l'intervention de l'État dans l'industrie privée, légitimer les entraves apportées à la liberté commerciale. Les patrons assemblés se montrèrent néanmoins fort conciliants. La situation critique de l'industrie leur faisait-elle redouter des désordres graves, dans le cas où ils opposeraient un refus catégorique aux demandes des ouvriers? Ou bien les sentiments généreux que la Révolution avait fait à nouveau éclore les poussaient-ils seuls à une œuvre d'humanité? Nul ne le sait; toujours est-il qu'ils entrèrent sans résistance, sur ce grave problème, dans la voie des réformes.

A Paris, le travail durait effectivement onze heures; en province, douze. La réduction d'une heure fut acceptée, et un décret dans ce sens fut soumis à la ratification du gouvernement. Cette mesure ne fut pas acceptée sans discussion par le conseil. « Quoi qu'il en fût, le salut public parlait dans le moment plus haut que toutes les considérations secondaires; les ouvriers demandaient, les patrons concédaient; le gouvernement provisoire ne pouvait refuser son assentiment à cette œuvre de conciliation [2] ». Le décret parut le jour même où s'était réunie l'assemblée des patrons, le 2 mars 1848.

Et le *Moniteur* rapporte que toute la journée de nombreuses députations de presque toutes les corporations ouvrières se succédèrent au Luxembourg, demandant le résultat des réflexions de la commission du gouvernement pour les travailleurs. Dès qu'on leur annonçait les résolutions prises, elles se retiraient aussitôt très satisfaites, au cri de « Vive la République! »

Mais le décret du 2 mars n'avait été rendu que sur l'acceptation de quelques patrons. Aussitôt promulgué, il devint l'objet d'une résistance très vive. Beaucoup de chefs d'industrie refusèrent de s'y conformer; d'autres allèrent jusqu'à renvoyer leurs ouvriers, tandis que

---

1. Séance du 10 mars 48.
2. Garnier-Pagès, *Histoire de la Révolution de 1848*, III, 169.

des travailleurs ne voulurent plus accepter qu'un labeur de huit heures par jour. Aussi, dès le 3 mars, sur quelques réclamations parvenues jusqu'à eux, le président et le vice-président de la Commission du Luxembourg font-ils savoir par un avis officiel que le décret du 2 mars s'étend à toutes les professions, même à celles où à Paris le travail était exceptionnellement de douze heures. Le 9 mars, un nouvel avis rappelle à tous l'exécution de la décision du 2 mars. Le 14 mars, ils réitèrent leurs instances, et font savoir « une fois pour toutes », qu'on doit respecter la limite de onze heures dans les départements. Le 15, une nouvelle proclamation intervient pour réclamer la stricte exécution du décret du 2 mars [1]. Enfin, las des réclamations des ouvriers, qui viennent, chaque jour, assiéger le Luxembourg, pour s'y plaindre de la mauvaise foi des patrons à leur égard, impuissant à réagir contre l'opposition obstinée des chefs d'industrie, L. Blanc est contraint de demander au gouvernement provisoire d'édicter une sanction pénale pour faire assurer le respect des mesures promulguées.

Le 4 avril paraît en effet un décret rendu sur le rapport de la Commission, et aux termes duquel : « Tout chef d'atelier qui exigera de ses ouvriers plus de dix heures de travail effectif sera puni d'une amende de 50 à 100 francs pour la première fois; de 100 à 200 francs en cas de récidive; et s'il y avait double récidive, d'un emprisonnement qui pouvait aller de un à six mois. Le produit des amendes sera destiné à secourir les invalides du travail. »

Malgré cette mesure sévère, la réforme fut peu respectée; elle supporta difficilement l'expérience, si bien que le comité du travail de l'Assemblée constituante dut proposer le 3 juillet à l'assemblée d'abroger « comme nuisibles à l'industrie nationale, et aux intérêts des travailleurs », toutes les mesures prises sur la durée du travail, ce qui fut adopté sans discussion.

Les ouvriers, voyant que leurs plaintes trouvaient un écho à la Commission, donnèrent bientôt un libre cours à leurs récriminations; chaque jour ils vinrent formuler de nouvelles prétentions relatives

1. « Informés d'une part que des patrons, contrairement au décret du 2 mars 1848, ont manifesté l'intention d'exiger plus de dix heures de travail effectif, et d'autre part que des ouvriers parlent de travailler moins de dix heures, les président et vice-président de la Commission confient au patriotisme la stricte exécution du décret du 7 mars. Quand il a déterminé la durée du travail, le gouvernement provisoire de la République a dû tenir compte de toutes les difficultés. Ne pas limiter le travail, c'eût été méconnaître ce qu'avait de légitime l'universelle réclamation des travailleurs; le trop limiter, c'eût été courir le risque de ruiner des établissements qui emploient beaucoup de bras; c'eût été, dans les circonstances actuelles, s'exposer à rendre plus redoutable la concurrence étrangère. Voilà ce qu'il importe que patrons et ouvriers ne perdent pas de vue un seul instant ». (*Moniteur*, 15 mars 1848.)

à l'augmentation des salaires, à une meilleure distribution du travail,
à l'établissement de sociétés gratuites de placement, à une surveillance plus étroite de la salubrité dans les ateliers, etc... et ils n'hé-
sitaient pas à en réclamer la satisfaction immédiate. En deux jours,
les demandes étaient devenues si nombreuses, que, le 4 mars, ne
pouvant plus suffire à calmer les impatiences, L. Blanc dut adresser
aux travailleurs une proclamation ainsi conçue : « La commission de
gouvernement, instituée pour préparer la solution des grands problèmes qui vous intéressent, s'étudie à remplir sa mission avec une
infatigable ardeur. Mais quelque légitime que soit votre impatience,
elle vous conjure de ne pas faire aller vos exigences plus vite que
ses recherches... Trop d'impatience de votre part, trop de précipitation de la nôtre n'aboutirait qu'à tout compromettre [1]... »

L. Blanc n'en chercha pas moins avec sincérité à proposer de nouvelles mesures, pour donner quelque satisfaction aux besoins légitimes des ouvriers. Ce qui leur manquait, c'étaient les moyens de
trouver du travail. Pour les mettre en état de rencontrer ceux qui
pouvaient utiliser leurs services, il fallait rapprocher l'offre de la
demande. C'est ce que fit la Commission, sur la proposition de laquelle
le gouvernement provisoire institua, le 8 mars [2], des bureaux gratuits
de renseignements dans chaque mairie de Paris. Ces bureaux devaient
dresser un tableau statistique des offres et des demandes de travail,
et tenir à cet effet deux registres spéciaux, où l'on s'inscrirait, et que
l'on communiquerait gratuitement. Le décret ne reçut malheureusement aucune exécution.

Le 5 mars [3], L. Blanc avait exposé dans une réunion de la commission un projet qui lui semblait devoir produire de très heureux
résultats; il consistait à fonder dans les quatre quartiers les plus
populeux de Paris, quatre établissements destinés à recevoir chacun
quatre cents ménages d'ouvriers avec des appartements distincts pour
chacun d'eux. Ce serait assurer aux travailleurs, disait-il, l'économie
dans le logement, le chauffage, l'éclairage, la nourriture même; or l'économie dans la consommation équivaut à une augmentation de salaires
sans dommage pour les patrons. L'aménagement serait des plus con-
fortables et des plus sains; on y installerait des salles de lecture, des
crèches, des salles d'asile, une école, des salles de bains; on donnerait de l'air par de grandes cours, on ornerait même les maisons de
jardins. Les plans en avaient été faits par deux architectes, MM. Nott
et Daly, qui estimaient la dépense de chacune d'elles à un million.

1. *Moniteur*, 5 mars 1848.
2. *Moniteur*, 9 mars.
3. *Moniteur*, 6 mars.

L'État toucherait le prix des loyers; mais pour pourvoir aux frais d'installation, il ferait un emprunt de 4 p. 0/0, et le placement de ces titres serait confié à l'intervention de dames patronesses qui assureraient vite le succès de l'entreprise. L'admission dans ces maisons serait une faveur que tous les ouvriers rechercheraient, et qu'on n'accorderait qu'aux plus dignes ou aux plus malheureux, par exemple à ceux qui, mariés légitimement, auraient le plus d'enfants, et à nombre égal, les enfants les plus jeunes. Tel était le projet que L. Blanc présentait à la commission, comme l'inauguration d'un système destiné à s'étendre peu à peu et à se généraliser. Une grande discussion s'éleva, à laquelle prirent part Vidal, Dupoty, Dussart, Malarmet, Duveyrier. Tous tombèrent d'accord pour adopter le principe, les objections ne portèrent que sur quelques points de détail. L. Blanc se chargea de soumettre au gouvernement provisoire le projet, complété par les éléments de la discussion. Mais, malgré ses efforts, cette promesse ne reçut aucune sanction. La réforme resta à l'état d'ébauche, aucun décret ne vint la consacrer; « la succession des événements ayant changé la face de la situation, cette proposition fut écartée comme tant d'autres [1] ». C'était pourtant une idée féconde que celle des logements ouvriers. Elle fut en effet reprise quelques années plus tard par le gouvernement impérial, qui, en 1852, fit construire dix-sept maisons boulevard Diderot, et quarante et une avenue Daumesnil; le mouvement d'ailleurs n'a vraiment pris racine en France que vers 1875; depuis cette époque, des sociétés importantes se sont attachées à la réalisation de cette œuvre humanitaire, conçue dès 1848; elles ont pris la place que L. Blanc ainsi que Vidal et Pecqueur assignaient à l'État, et elles ont vu le succès couronner leurs efforts.

Ces échecs pourtant ne décourageaient pas L. Blanc dans la voie qu'il s'était tracée; il cherchait sans cesse de nouveaux moyens d'améliorer le sort des ouvriers. Certaines de leurs plaintes éveillèrent son attention : ils critiquaient avec amertume la concurrence désastreuse que faisait au travail libre le travail des prisons, des couvents et des casernes; dans ces établissements, disaient-ils, les travailleurs sont logés, nourris soit aux frais des congrégations, soit aux frais de l'État, ce qui leur permet de travailler à très bas prix, et de faire une concurrence déloyale aux ouvriers libres, qui doivent chercher un salaire assez rémunérateur pour les faire vivre. Ému de ces revendications qui lui semblaient justifiées, L. Blanc, dans une réunion du 13 mars, proposa d'y faire droit, en ordonnant la suppression du tra-

---

1. L. Blanc, *Histoire de la Révolution de 1848*, I, 179.

vail dans ces établissements. Vidal appuya la proposition, en s'efforçant de prévoir et de réfuter les arguments qu'on pourrait faire valoir contre elle : objecterait-on qu'il y a des engagements pris au sujet de ces travaux et que le premier devoir de l'État est de les faire respecter, la réponse était tout indiquée : si les marchés ont été passés avec des entrepreneurs, une simple résiliation prévue par le cahier des charges suffira ; si on a traité avec des particuliers, il y aura lieu à une indemnité fixée de gré à gré ou par les tribunaux. V. Considérant fait-il observer assez judicieusement que si l'État est maitre d'intervenir en ce qui concerne les prisons et les casernes, la chose est plus délicate au sujet des couvents, qui ne lui appartiennent pas, on lui répond sans embarras : les couvents seraient les premiers à accorder la mesure demandée, s'ils connaissaient la situation ; et puis il suffit que l'État ait, sinon créé, du moins toléré jusqu'alors la concurrence des couvents, pour avoir le droit d'intervenir en faisant cesser cette tolérance. Mais Considérant insiste, et avec un bon sens remarquable, une justesse de vue parfaite : « Ne craignez-vous pas, ajoute-t-il [1], lorsque l'État parlera de ces grands principes d'association, qu'il se propose de réaliser un jour, qu'on ne fasse alors à ces projets le reproche que vous faites aujourd'hui aux couvents, le reproche de créer un travail exceptionnel, et qu'on n'essaye pas de tourner contre vous cet exemple du travail des couvents, qu'on ne dise pas alors que le travail de l'État fera aussi concurrence au travail libre ? » Et L. Blanc, quelque peu embarrassé, ne trouve qu'une réponse évasive et fuyante : « les travaux dirigés par l'État, seront combinés, de manière à affaiblir et à restreindre de plus en plus la concurrence ». Malgré les objections les plus sensées, la majorité de la commission se prononça pour l'adoption de la mesure, et le 24 mars parut un décret qui reproduisit dans l'énoncé de ses motifs les observations présentées au Luxembourg : « Considérant que la spéculation s'est emparée du travail des prisonniers, lesquels sont nourris et entretenus aux frais de l'État, et qu'elle fait ainsi une concurrence désastreuse au travail libre et honnête... Considérant qu'il y aurait à la fois injustice et danger à tolérer plus longtemps un état de choses qui engendre la misère et provoque l'immoralité... », il est édicté que le travail dans les prisons et dans les casernes est suspendu, que les marchés passés seront résiliés ; quant aux travaux exécutés à l'avenir dans les prisons, dans les établissements de charité, ou dans les communautés religieuses, ils seront réglés de manière à ne pouvoir créer pour l'industrie libre aucune concurrence fâcheuse.

---

1. Séance du 13 mars (*Moniteur* du 14 mars.)

Malgré la faveur avec laquelle L. Blanc et Albert accueillaient les demandes des ouvriers, il en est qu'ils ne craignaient pas de repousser énergiquement, et il est juste de reconnaître qu'ils savaient placer le respect de leurs convictions au-dessus du désir de satisfaire le peuple. Dans certains ateliers la concurrence des ouvriers étrangers soulevait la jalousie des travailleurs français, qui prétendaient garder un privilège exclusif sur le sol national. Des troubles assez graves se produisirent même à cette occasion : à Lyon, à Marseille, au Havre, à Valenciennes, les ouvriers français se soulevèrent pour obtenir le renvoi des Belges, des Italiens, des Anglais occupés dans les usines ou les ateliers. A Paris, le 2 avril, une grande manifestation eut lieu dans ce but, et des ouvriers se promenèrent dans les rues, aux cris de « A bas les étrangers! qu'on les chasse! ». L. Blanc, inspiré par un réel sentiment de justice, ému aussi des conséquences qu'auraient pu engendrer ces troubles, tant dans les rapports internationaux que dans la situation de l'industrie française, fit un appel pressant à la loyauté, à l'équité des ouvriers, et soumit à la signature du gouvernement provisoire une proclamation pour « placer sous la sauvegarde des travailleurs français les travailleurs étrangers qu'emploie la France, et confier l'honneur de la République hospitalière à la générosité du peuple ; considérant que le principe inauguré par la République triomphante est le principe de la Fraternité ; que nous venons de combattre, de vaincre au nom et pour le compte de l'humanité tout entière, que ce seul titre d'homme a quelque chose d'inviolable et d'auguste, que ne saurait effacer la différence des patries, que c'est d'ailleurs l'originalité glorieuse de la France, son génie, son devoir, de faire bénir par tous les peuples ses victoires, et quand il le faut, ses douleurs mêmes [1]... » Le ton un peu emphatique de ces déclarations cachait des principes, des sentiments, dont on peut contester l'efficacité, mais dont il n'est que juste de reconnaître l'inspiration élevée et la noblesse.

C'est par ce décret que se termine l'œuvre pratique officielle de la Commission; depuis le 8 avril, en effet, on ne trouve plus trace de réforme proposée par la Commission à la ratification gouvernementale. La forme sous laquelle cette dernière proclamation se présente, aussi bien que la place chronologique qu'elle occupe semblent caractériser nettement l'ensemble même des mesures pratiques adoptées par le Luxembourg. Au début, L. Blanc, animé d'intentions généreuses, organise quelques institutions; elles ne réussissent qu'à soulever des réclamations. Il essaye de réparer cet insuccès par de nouvelles pro-

1. *Moniteur*, 8 avril 1848.

positions, elles ne reçoivent plus même un commencement d'exécution. Découragé, il renonce à persévérer dans la voie des réformes pratiques, et la série des mesures provisoires tentées par lui se termine par un décret qui n'est qu'un exposé de principes, une profession de foi.

On ne peut donc constater, dans cet ordre d'idées, que l'échec de la Commission. Peut-être faut-il chercher ailleurs que dans des projets de décrets l'œuvre effective qu'elle accomplit : les réformes organisées sur le papier, pendant les périodes de crise, sont rarement suivies d'une exécution satisfaisante. La situation que L. Blanc occupait comme président de la Commission du Luxembourg lui permit d'exercer sur les hommes et sur les choses une action qui ne reçut aucune consécration officielle, mais qui n'en eut que plus d'efficacité. C'est à son étude que nous devons nous attacher.

III

LES RÉSULTATS PRATIQUES NON OFFICIELS.

L. Blanc avait séduit les esprits peu cultivés de la foule par ses théories attrayantes et ses brillantes promesses. Mais si l'âme populaire est faite d'imagination et d'enthousiasme, elle possède aussi un bon sens qui survit à tous les entraînements, et la rappelle aux nécessités immédiates de la réalité. C'est ce que le président du Luxembourg ne pouvait ignorer; aussi voulut-il essayer des applications de ses doctrines. Convaincu de l'efficacité de son système, il crut que la mise en pratique des théories qui lui tenaient le plus à cœur rallierait autour de son drapeau ceux que des discours retentissants et des tentatives infructueuses de mesures officielles ne suffisaient plus à satisfaire.

I. **Les associations.** — Nous nous rappelons que le 20 mars, il avait décrit ainsi le plan transitoire de l'organisation du travail : « Aux entrepreneurs qui viennent à nous et nous disent : « Que l'État prenne nos établissements et se substitue à nous », nous répondrons : « l'État y consent!... » L'affaire ainsi réglée avec les propriétaires, l'État dirait aux ouvriers : « Vous allez travailler désormais dans ces usines comme des frères associés ». C'est ce système que L. Blanc et les ouvriers expérimentèrent. Le 25 mars [1] a lieu au Luxembourg, sous la présidence de L. Blanc, une réunion d'ouvriers mécaniciens

---

1. *Moniteur*, 26 mars 1848.

représentant les ateliers de MM. Derosne et Cail, pour discuter sur les moyens de reprendre immédiatement les travaux. Après une longue discussion, L. Blanc leur fait admettre les bases d'une association qui comprendra tous les ouvriers de l'usine. Les rapports entre les patrons et la masse des travailleurs ne sont que fort peu modifiés ; c'est la situation de ces derniers entre eux qui est changée : quand les travaux à exécuter ne seront pas en rapport avec le nombre des travailleurs, les ouvriers se les partageront, pour qu'aucun d'eux ne vienne à en manquer. En temps normal, les ouvriers pourront partager leur salaire entre eux de deux façons, à leur choix, soit en répartissant également leurs salaires et leurs bénéfices, soit en répartissant également leurs bénéfices seulement. La seule concession demandée à l'entrepreneur est d'accorder sous forme de gains 1/11 du prix des façons à l'ouvrier.

Et à la suite de la séance où furent établies ces bases, L. Blanc et Vidal se rendirent à la réunion générale des ouvriers de l'usine pour y exposer ce plan et ses avantages. L'accueil des mécaniciens fut des plus enthousiastes : « Enlevé du bureau que les ouvriers avaient improvisé dans une espèce de hangar, M. L. Blanc a été porté de main en main à sa voiture, aux cris mille fois répétés de : Vive la République ! »

Mais ce n'était là qu'un essai partiel ; car ce genre d'association laissait les ouvriers dans la même situation vis-à-vis des patrons. La véritable coopération rêvée par L. Blanc était celle qui devait substituer les ouvriers aux entrepreneurs eux-mêmes, et ne laisser subisister que des travailleurs cumulant en leur personne les deux fonctions. Il eut bientôt une occasion de l'appliquer.

Le 9 mars, le gouvernement avait aboli la contrainte par corps, laissant ainsi la prison de Clichy sans destination ; le 15, il rendait un décret qui incorporait dans la garde nationale tous les citoyens, et décidait qu'un uniforme serait fourni aux frais de l'État à quiconque serait trop pauvre pour en faire la dépense. L. Blanc conçut alors la pensée de transformer la prison de Clichy en atelier, et de fonder une association d'ouvriers en lui confiant la confection des uniformes de la garde nationale [1]. A cet effet, il fit venir chez lui un des délégués de la corporation des ouvriers, dont on lui avait vanté l'intelligence et l'énergie, Bérard, et lui exposa ce plan, qui fut aussitôt accueilli avec enthousiasme. Au bout de quelques jours, une association d'ouvriers tailleurs est formée ; à la tête se placent les trois délégués de la corporation au Luxembourg, Frossard, Leclerc et Bérard.

1. L. Blanc, *Histoire de la Révol. de 1848*, I, 191.

L. Blanc obtient pour eux la commande de cent mille tuniques et de cent mille pantalons pour les gardes nationales; et au nombre de mille à quinze cents ils s'installent dans la prison de Clichy, transformée en un vaste atelier qui s'ouvre le 28 mars. Les statuts sont rédigés sous les inspirations de L. Blanc : le salaire était fixé à 2 francs, uniforme pour tous, par application du système de l'égalité absolue. Quant aux bénéfices, ils devaient être répartis en deux portions : l'une destinée à la formation d'un capital collectif appartenant à l'association, et l'autre à partager entre les associés.

Les résultats de cette association ne furent pas très brillants; nous pouvons en juger d'après un procès-verbal adressé le 26 juin par un commissaire de police à la commission d'enquête sur l'insurrection de juin. « Lorsque l'inventaire sera fait et la situation de la société connue, les bénéfices, s'il y en a, seront tels que le prélèvement journalier de 2 francs fait par chaque travailleur ne sera augmenté que de quelques centimes, ce qui portera le salaire pour la journée de travail effectif à 2 fr. 15 au plus... [1] ». Et pourtant le travail y était de dix heures par jour. Quant à la composition du personnel, « on y comptait peu d'enfants de Paris; on y trouve, dit le rapport, des Allemands, des Italiens, et beaucoup d'ouvriers des départements arrivés à Paris depuis le mois de février ». L'association, d'ailleurs, telle qu'elle était primitivement conçue, dura peu : l'administration cassa le marché, moyennant une indemnité de 30,000 francs. Le manque d'ouvrage força les ouvriers à se réduire peu à peu, puis bientôt à liquider. L'association cependant se reconstitua sur de nouvelles bases, et, en 1849, on la retrouve, rue du Faubourg Saint-Denis, livrée à ses propres ressources, soumise, il est vrai, au régime de la concurrence, mais néanmoins assez prospère [2].

Le mouvement avait été imprimé par ce premier essai; un second suivit bientôt l'exemple. L. Blanc avait, nous l'avons vu, réussi à faire promulguer un décret suspendant le travail dans les casernes comme dans les prisons; il profita de cette mesure pour faire adjuger une partie des selles qui se confectionnaient dans l'établissement militaire de Saumur à un certain nombre d'ouvriers selliers de Paris, que cette commande mit en état de former une association. Elle se développa sur les mêmes bases que celle de Clichy.

Puis ce fut le tour des fileurs, qui se syndiquèrent pour exécuter une commande de cent mille épaulettes destinées aux gardes nationaux. L. Blanc les mit en rapport avec les délégués des passemen-

1. Rapport de la Commiss. d'enquête, II, 135.
2. *Le Nouveau Monde*, juillet 1849.

tiers, qui formèrent dans leur corporation une société en commandite, et purent passer un traité pour la fabrication des épaulettes. Ils obtinrent, toujours par l'entremise du président de la Commission, un prêt de 120,000 francs du Comptoir d'escompte [1]. Mais le marché fut bientôt suspendu, puis définitivement rompu, et la société fut obligée de se dissoudre.

L'imitation se propagea bientôt, et les associations se multiplièrent; il s'en forma entre les dessinateurs pour impression sur étoffe, les cuisiniers, les ébénistes, les menuisiers, les maçons, les tanneurs, etc...

Le 23 mars, on lit dans le *Moniteur* qu'une députation des ouvriers de la Villette est venue demander au gouvernement provisoire de décréter immédiatement que, dès qu'une exploitation sera abandonnée par celui qui la possède, l'État pourra faire valoir l'établissement, soit par lui-même comme directeur, soit avec des ouvriers en association, sous sa surveillance. Le 26 mars, la commission est assiégée de demandes si nombreuses qu'elle est obligée de publier un avis dans le *Moniteur* pour rappeler à tous qu'elle « n'a été instituée que pour élaborer des projets de lois qui seront soumis à l'Assemblée Nationale, et préparer par ses discussions l'opinion publique sur cette matière; mais que, désirant faire marcher la pratique à côté de la théorie, la commission s'emploie de grand cœur à faciliter la réalisation immédiate de ses vues, toutes les fois que son intervention est requise ou acceptée par tous les intéressés. Cependant, lorsqu'il y a dissentiment entre les intérêts divers, et que l'intervention de la commission n'est réclamée et acceptée que par une des parties, n'ayant le droit d'agir ni comme pouvoir exécutif, ni comme pouvoir législatif, la commission doit s'abstenir et rentrer alors dans les travaux de commission d'étude... »

L. Blanc assurément n'avait pas été le premier à concevoir le régime de l'association, ni à l'expérimenter. Buchez, en 1831, avait donné d'heureuses formules du principe, et en 1834 s'était fondée une association des ouvriers bijoutiers en doré, qui avait admis dans ses statuts la liberté des associés les uns à l'égard des autres et la rétribution proportionnelle au travail. Le président du Luxembourg reprit l'idée à un moment où son exécution pouvait donner d'excellents résultats; dans l'état de crise que la révolution de février n'avait fait qu'aggraver, il était bon de trouver des procédés nouveaux, capables de donner un regain de vie aux affaires; le mouvement imprimé eut d'heureux effets; l'exemple parti du Luxembourg sus-

1. Lettre des délégués, *Nouveau Monde*, décembre 1849.

cita de nombreuses imitations pendant toute l'année 1848, et même les années suivantes.

Si le principe ne soulevait guère d'objections, il en était différemment sur les moyens employés pour le mettre en œuvre. Louis Blanc était partisan de l'intervention directe de l'État, qui devait se faire l'organisateur et le chef des associations coopératives; il voulait aussi que toutes les associations fussent groupées en une vaste société, et représentées par un comité central unique, qui, en réunissant leurs forces, en combinant leurs efforts, assurerait le triomphe de chacune d'entre elles. « Le fait est, dit-il [1], que les associations ne peuvent vivre que par la solidarité... La distribution, l'agencement des associations aurait dû être confié à des mains prévoyantes au lieu d'être livré au hasard et au caprice... » Nous avons vu qu'il n'avait réussi qu'imparfaitement à faire prévaloir cette manière de voir dans l'association de Clichy, dans celle des fileurs, etc... Dès qu'il eut perdu, avec l'exercice de ses fonctions de président de la Commission, l'influence dont il jouissait, son système fut définitivement battu en brèche, et l'on en revint sur les insistances mêmes des ouvriers, à l'initiative privée et à l'indépendance. Le 5 juillet 1848, l'Assemblée Constituante vota un crédit de trois millions, sur la proposition de Corbon, à titre d'encouragement accordé aux associations entre ouvriers, ou entre ouvriers et patrons, sans songer à s'ingérer dans leur organisation. Le 15 juillet, le ministre des travaux publics fut autorisé à concéder aux associations ouvrières les travaux publics qu'elles pouvaient entreprendre, mais sans leur accorder, comme aujourd'hui, des conditions de faveur. Les syndicats se développèrent donc, mais surtout sous le régime de la liberté absolue et de la concurrence. Le *Nouveau Monde* qui reproduisait dans chaque numéro une liste des associations ouvrières « reconnues par le comité du Luxembourg en comptait une centaine en juillet 1849, et il excluait de ce nombre celles qui avaient été fondées en dehors des principes socialistes et dans un but d'exploitation », c'est-à-dire les plus nombreuses.

On peut donc discuter, critiquer le mode de réalisation que L. Blanc donna à sa théorie, mais on ne peut lui contester le mérite d'avoir remis au jour le principe de l'association, et d'en avoir cherché d'heureuses applications pratiques.

II. **Les Arbitrages.** — La commission du Luxembourg ne se borna pas à préparer des projets de loi, et à se mettre à la tête d'un mouve-

1. *Le Nouveau Monde*, 15 août 1849.

ment de réformes; elle fut appelée à remplir pendant le même temps des fonctions quasi-judiciaires, elle devint un véritable tribunal. Ce fut le cours naturel des choses qui engagea dans cette voie, où L. Blanc se laissa entraîner avec d'autant plus d'empressement qu'il y trouvait la satisfaction de ses vues ambitieuses.

L'état désastreux du commerce et de l'industrie s'était aggravé depuis la révolution de février. Les pertes subies par les usines disposaient peu les patrons aux nouveaux sacrifices que réclamaient les ouvriers; ceux-ci, encouragés par les promesses brillantes que les doctrines socialistes leur faisaient entrevoir, devenaient chaque jour plus exigeants. Ces sentiments opposés devaient amener des froissements que les événements firent dégénérer en conflits : des grèves éclatèrent nombreuses. Les ouvriers crurent trouver au Luxembourg des défenseurs de leurs intérêts; ils allèrent demander au président de la Commission avis et protection. L. Blanc comprit qu'une intervention pacifique de sa part pourrait être utile à l'amélioration du sort des ouvriers, et qu'elle ne pouvait que rehausser l'éclat de son propre prestige. Il donna aux travailleurs des conseils modérés et sages, — tout en leur promettant son concours. Les patrons apprécièrent l'impartialité de son intervention, et prirent l'habitude de s'en remettre à son jugement du soin de décider entre eux et les récalcitrants. C'est ainsi que peu à peu le président du Luxembourg se trouva investi de la fonction d'arbitre.

Le 8 mars, nous voyons en effet comparaître devant lui les délégués des entrepreneurs de transport en commun (omnibus, favorites, etc...) et ceux des conducteurs et cochers. L. Blanc entend les uns et les autres, et, après une discussion de trois heures, il prononce à la satisfaction de tous une sentence, où il constate qu'il y a lieu d'améliorer le sort des conducteurs, mais qu'il est « de l'intérêt bien entendu des travailleurs d'apporter de la modération et de la mesure dans leurs réclamations les plus légitimes », et où il cherche par suite à concilier ces divers intérêts [1].

Le 26 mars, ce sont les ateliers Derosne et Cail qui font grève. Nous avons vu comment L. Blanc intervient et réussit à établir une association d'ouvriers tout en obtenant des patrons l'attribution aux travailleurs de 1/11 du prix des façons, calculé sur la moyenne des prix de chaque pièce. Le même jour, il s'entremet encore pour faire reprendre le travail aux ouvriers mécaniciens de l'établissement Farcot de Saint-Ouen.

Le 27 éclate une grève qui aurait pu avoir de très graves consé-

1. *Moniteur*, 9 mars 1848.

quences pour les Parisiens ; il s'agissait des ouvriers boulangers, qui menaçaient de cesser tout labeur, si on ne leur accordait pas la satisfaction légitime qu'ils réclamaient. Paris pouvait d'un jour à l'autre rester sans pain ; les délégués des patrons et ceux des ouvriers viennent soumettre leur litige à l'appréciation du président et du vice-président de la Commission ; l'on parvient, grâce à cette intervention, à s'entendre sur les bases d'un tarif nouveau. Et on lit dans le *Moniteur* [1], à la suite du compte rendu de cet arbitrage, une note ainsi conçue : « Des témoignages de la plus sincère gratitude apportés par les délégués des deux intérêts ont amplement récompensé la Commission de son infatigable sollicitude.... » Puis une sorte de proclamation est insérée en sorte de conclusion : « Tel est le caractère essentiellement social de la révolution de 48, telle est l'imminente nécessité des réformes économiques qu'une commission instituée pour élaborer des projets de loi, pour chercher la solution du problème de l'organisation du travail, est transformée incontinent, par la force des choses, en une haute cour de prudhommes, et exerce une sorte de gouvernement moral par le vœu libre et l'appel exprès des travailleurs et des chefs d'établissement. La commission se trouve donc conduite à mener de front la théorie et la pratique. Ce double rôle, qui lui vient de l'adhésion et de l'initiative pressante des intérêts, elle l'accepte comme un devoir. Seulement elle insiste pour qu'on ne lui rende pas trop difficile l'accomplissement de ce devoir, par des demandes d'intervention simultanées, auxquelles il lui serait impossible de répondre en temps convenable. »

Le 28 mars, la commission publie encore un avis où elle annonce que de nombreuses demandes d'arbitrage sont adressées à Mr **L. Blanc** par les travailleurs et les patrons, et que ces demandes sont toujours accueillies avec empressement et avec plaisir ; car « les conciliations opérées permettent de réaliser le mot prononcé dès le premier jour : l'ordre dans la liberté ».

Le 31 mars, on réclame à nouveau l'intervention de la Commission pour résoudre un différend entre les patrons et les ouvriers de l'industrie des papiers peints ; on décide de nommer une commission de douze membres chargée de préparer les bases du tarif pour le prix des façons et des salaires et proposer les mesures qu'elle jugera avantageuses dans l'intérêt de chacun ; la commission intervient « à la satisfaction de toutes les parties ».

Le 1er avril paraît une nouvelle proclamation de la commission pour affirmer son sincère esprit de conciliation et de concorde.

---

1. *Moniteur*, 28 mars 1848.

Le 2 avril, un autre arrangement se conclut entre les maîtres et les ouvriers paveurs. Quoique les maîtres paveurs eussent écrit qu'ils acceptaient d'avance ce que la Commission croirait bon de faire, Vidal fait mander les délégués des deux groupes, qui d'un commun accord signent le traité dont ils ont eux-mêmes précisé les conditions et les termes.

Le 7 avril, ce sont les maîtres maréchaux eux-mêmes qui provoqnent une conciliation. Le 13, la Commission est appelée à statuer sur un différend entre les entrepreneurs et les cochers des voitures de Paris, et la décision est approuvée par les trois délégués de chaque partie.

Chaque jour la liste s'augmente d'un nouvel arbitrage, et l'on trouve des conciliations opérées entre les couvreurs occupés à clore l'édifice de la nouvelle assemblée, et leurs patrons, puis entre les plombiers-zingueurs, les scieurs de pierre, les blanchisseurs, les chapeliers, les débardeurs. L'intervention de la Commission est sollicitée par tous les genres de professions et de métiers; et c'est ainsi qu'elle finit par devenir, sur la demande même des intéressés, une sorte de tribunal d'arbitrage chargé de pacifier amiablement les différends entre les ouvriers et les patrons.

On doit à la justice de reconnaître que la Commission du Luxembourg fut appelée à rendre dans ce rôle de réels services. Elle apaisa des conflits naissants qui auraient pu dégénérer en luttes profondes, elle évita ainsi des désastres, peut-être même des catastrophes. C'est donc en cessant d'être une école socialiste, en renonçant à réorganiser la société industrielle et commerciale, pour se borner à concilier les partis et les intérêts, que son action devint efficace et salutaire.

Malheureusement ce champ restreint ne suffisait ni à l'activité ni à l'ambition de ceux qui la dirigeaient; la Commission se laissa attirer par la politique; elle commença dès lors à jouer un rôle dangereux dans les affaires de l'État, où son intervention inopportune devait jeter le trouble et provoquer les plus coupables désordres.

(*Sera continué.*)   GEORGES CAHEN.

LOUIS BLANC

ET

LA COMMISSION DU LUXEMBOURG.

(1848)

(Suite [1].)

TROISIÈME PARTIE

Rôle politique de la Commission.

Le désir secret de Louis Blanc avait toujours été de devenir le chef écouté, acclamé, de la classe ouvrière. Il ne songeait point à rester seul à la tête du Gouvernement, mais il aspirait à conquérir la haute direction du peuple; s'il n'ambitionnait pas la dictature, il rêvait la popularité. On doit cependant reconnaître que ces visées orgueilleuses ne se séparaient jamais dans son esprit d'aspirations très sincères au bonheur des ouvriers; car il croyait, en servant ses intérêts particuliers, travailler à leur propre cause.

La réalisation de tels desseins lui parut impossible dans les limites étroites où le gouvernement avait tenu à circonscrire son influence; aussi s'efforça-t-il d'élargir le champ de son activité, pour s'y mouvoir plus à l'aise; la situation qu'il occupait simultanément au Luxembourg et dans le Conseil, la marche rapide et brusque des événements favorisèrent son immixtion dans la politique militante. En étudiant le rôle qu'il fit jouer ainsi à la Commission dans les affaires publiques, nous pourrons apprécier l'évolution nettement marquée de ce comité, institué pour procéder à des enquêtes et dégénérant en une assemblée, bientôt même en un parti politique.

1. Voir les *Annales* du 15 mars 1897.

I

Du 28 février au 19 mars. — Le 17 mars.

Au début, L. Blanc chercha très sincèrement à réaliser le but pour lequel la Commission avait été fondée, tout en modifiant déjà cependant l'esprit de ses recherches. Nous avons vu comment il l'organisa, et après quelles difficultés. A demi constituée, la Commission se mit à l'étude ; elle fit de très réels efforts pour établir les principes d'un plan de réformes ; elle prépara quelques mesures destinées à donner des satisfactions provisoires aux revendications des travailleurs ; la plupart ne reçurent pas d'exécution, mais la tentative de la Commission, quoique infructueuse, avait été sincère. La forme donnée à ces recherches était peut-être trop dogmatique et trop partiale, leur objet n'en correspondait pas moins au programme tracé par Louis Blanc, en conformité de vue avec le gouvernement.

Au bout de deux semaines, l'attention des délégués et de leur président, concentrée jusque-là sur les travaux intérieurs de la Commission, fut sollicitée au dehors par des faits qui leur firent croire à l'efficacité de leur intervention.

Entre les deux partis qui, pendant les journées de février, avaient fait cause commune contre un même adversaire, l'hostilité avait reparu aussitôt leur victoire assurée ; des dissensions éclatèrent chaque jour plus nombreuses entre les modérés et la fraction avancée du gouvernement. Les premiers ne voyaient pas sans regret l'influence que prenaient les radicaux dans la direction des affaires publiques, et ils sentaient la nécessité de se ressaisir, pour résister avec fermeté à des entreprises périlleuses. Cette réaction allait bientôt se marquer par des actes. — Les républicains avancés, au contraire, voyaient se dessiner cette tendance rétrograde, et redoutaient ses dangereuses conséquences : attendre pour la combattre ouvertement qu'elle se fût manifestée dans les événements, ou bien prévenir pacifiquement ce mouvement menaçant, pour en devancer les effets, telle était l'alternative que L. Blanc et ses amis entrevoyaient. Ils ne pouvaient tarder sans imprudence à faire un choix.

Le décret qui avait institué le suffrage universel avait fixé au 9 avril l'élection des représentants du pays, et au 20 l'ouverture de l'Assemblée constituante. Il semblait que cette détermination n'eût qu'une importance secondaire ; elle était cependant grosse de conséquences ; elle impliquait un système politique. Le gouvernement provisoire indiquait par là qu'il entendait borner sa mission à l'exécution des

mesures d'urgence et au rétablissement de l'ordre, qu'il voulait organiser une représentation régulière, issue du suffrage universel, pour
lui remettre la direction des affaires de la France.

C'est sur ce point que le parti avancé divergeait d'opinion avec la
fraction modérée du conseil. L. Blanc surtout pensait qu'il fallait
reculer le plus tard possible l'époque des élections et la transmission
de l'autorité à des organes légalement constitués. « De la sorte, on
mettrait le temps du parti du gouvernement provisoire, il pourrait
agir avec la force que donne l'exercice du pouvoir sur la nation française, si vive, si intelligente, si prompte à suivre les impulsions venues
d'en haut... Et quand la souveraineté du peuple, dès l'abord
reconnue et proclamée, aurait été appelée autour des urnes, elle se
serait trouvée avoir fait son éducation [1]... » — D'ailleurs : « La plupart des départements en février 1848 étaient encore monarchiques [2]. »
Il fallait donc le temps d'infiltrer peu à peu les idées républicaines
dans le cœur de la nation, dont Paris, malgré les prétentions des
révolutionnaires, ne représentait qu'une fraction ; il fallait combattre
les préjugés anciens et les vieilles influences locales, avant de procéder à des votes qui eussent été contraires à la République.

Cette opinion se trouvait conforme au sentiment qu'entretenaient
les chefs de clubs, Blanqui, Cabet, Sobrier, Caussidière, dans la classe
ouvrière. Certains même, parmi eux, nourrissaient secrètement la
pensée de renverser le gouvernement provisoire, et de le remplacer
par une sorte de comité révolutionnaire qui exercerait la dictature.
L. Blanc était loin de partager ces vues ; mais il voulait une politique
de réformes, et ne demandait l'ajournement des élections que pour
écarter la réaction. Ces idées ne pouvaient triompher que si on exer-
çait une pression sur la majorité, à l'aide d'une manifestation, qui
« en opposition à la supériorité numérique du conseil, donnerait à la
minorité une autorité morale qui tendrait à rendre la révolution complètement maîtresse des affaires ». Il voulait « profiter de la secousse
imprimée aux urnes vacillantes, pour faire avec les membres de la
majorité et par eux, quoique malgré eux, la besogne révolutionnaire [3] ».

Cette idée d'une grande protestation populaire commençait à prendre
corps dans les divers clubs dont faisaient partie la plupart des délégués de la Commission des travailleurs ; elle était à peu près arrêtée
dans l'esprit de L. Blanc qui en entretenait les ouvriers du Luxembourg. La Commission se trouvait donc bien préparée pour y prendre
part.

1. L. Blanc, *Histoire de la Révolution de 1848*, I, 304.
2. L. Blanc, *op. cit.*, II, 3.
3. L. Blanc, *op. cit.*, II, 3.

Le 13 mars au soir, le conseil tenait séance avec le concours du commandant général et du chef d'état-major, MM. Courtais et Guinard, pour prendre les mesures en vue des élections de la garde nationale, quand L. Blanc prit la parole au nom des ouvriers. « Il avait à faire connaître les demandes qui lui étaient parvenues à la Commission du Luxembourg sur l'ajournement des élections...., et il croyait de son devoir d'engager le gouvernement à donner satisfaction aux justes exigences de l'opinion publique, s'il ne voulait pas être témoin d'une manifestation solennelle de cent mille citoyens qui iraient porter eux-mêmes à l'Hôtel de Ville leurs plaintes et leurs vœux [1]. » Le conseil, profondément ému de ces paroles, protesta vivement contre des menaces qui atteignaient sa dignité. L. Blanc, blessé à son tour de ce refus, offrit brusquement sa démission. Ledru-Rollin réussit à apaiser les uns et les autres ; mais l'affaire resta en suspens.

Le 14 mars, L. Blanc fit une nouvelle tentative : « Partagé entre le désir d'une manifestation qui donnerait la force à la minorité du conseil, et la crainte qu'elle dépassât le but souhaité [2] », il voulait du moins mettre sa responsabilité à l'abri, en avertissant ses collègues que la démonstration projetée était définitivement arrêtée, et que les concessions du gouvernement pourraient seules la prévenir. Après bien des hésitations, on accorda l'ajournement des élections de la garde nationale au 25 ; c'était une satisfaction donnée à la classe ouvrière. Il restait, il est vrai, la question des élections à l'Assemblée constituante, la seule qui présentât une réelle importance. Mais la manifestation, dénuée de prétexte, se trouvait momentanément différée. Les hésitations des meneurs et en particulier de L. Blanc l'eussent fait définitivement avorter, si une circonstance nouvelle n'avait inopinément remis tout en question.

Le 14 mars, un décret du gouvernement vint compléter celui du 27 février qui avait appelé tous les citoyens français à faire partie de la garde nationale : le conseil prononça la dissolution des anciennes compagnies d'élite de grenadiers et de voltigeurs, qui furent incorporées dans les nouvelles. La mesure avait été prise pour uniformiser les cadres, et confondre pauvres et riches dans les mêmes rangs, sous le même uniforme. La haute bourgeoisie, déjà peu conciliante, accueillit avec mécontentement une telle mesure. Les organes de la réaction, tels que le Constitutionnel, la Presse, l'Assemblée nationale, exploitèrent habilement ces dispositions malveillantes, et une protes-

1. Garnier-Pagès, Histoire de la Révolution de 1848, III, 349 et sq.
2. Id., III, 347.

tation s'organisa : le 16 mars eut lieu une grande manifestation des
gardes nationaux de la banlieue et des quartiers riches contre les
instigateurs et les signataires du décret. Certains ne s'y proposaient
pour but que de faire rapporter la décision prise; d'autres, au contraire, voulaient mettre l'occasion à profit pour exercer une pression
politique sur le conseil, ou même pour aboutir à l'expulsion des
membres de la minorité. Quelques bagarres se produisirent aux envi-
rons de la place de Grève entre les légions, excitées par les légiti-
mistes, et la foule. Dans l'une d'elles, le général Courtais manque
d'être assommé; dans une autre, Ledru-Rollin doit défendre sa vie
contre des agresseurs violents. Mais une armée d'ouvriers se forme et
parvient à étouffer la manifestation, qui se termine par un piteux
avortement.

Ce mouvement fournit aux clubs et aux ouvriers le prétexte depuis
longtemps attendu d'une contre-démonstration. Dans la soirée du 16,
celle-ci s'organise. Toute la nuit, les délégués du Luxembourg circu-
culent dans la ville, portant le mot d'ordre; les clubs sont en effervescence. A la préfecture de police, les divers meneurs tiennent des
réunions, et se concertent. Des émissaires sont envoyés dans les ateliers, auprès des corporations, pour les convoquer à la réunion du
lendemain. Une proclamation est affichée le 17, dès la première
heure [1]; puis L. Blanc appelle au Luxembourg ceux de ses acolytes
dont il connaît l'influence et le prestige, et tout en les exhortant au
calme, il organise avec eux le programme et la discipline de la
journée.

Vers onze heures, 150,000 hommes se trouvent rassemblés sur la
place de la Révolution, dans l'allée des Champs-Élysées, depuis les
Tuileries jusqu'à l'Étoile; tous les métiers y ont des représentants. A
midi, la colonne se met en marche; elle avance à pas cadencés,
entonnant, pour marquer la mesure, le chant des *Girondins*, puis la
Marseillaise. En tête s'avancent 4 à 5,000 hommes des clubs les plus
exaltés avec Blanqui, Sobrier et Cabet à leur tête, marchant dix par
dix, précédés de leurs drapeaux. Puis viennent les corporations,
séparées par des intervalles égaux, avec leurs bannières déployées. Le
cortège se déroule le long des quais, et débouche sur la place de
Grève, où chaque groupe vient se ranger dans un ordre parfait.

---

1. On y lit ces mots empreints de dignité et de modération : « Le peuple est
appelé à donner aujourd'hui la haute direction morale et sociale.... Il voit d'un
œil sévère ces manifestations contre celui des ministres qui a donné tant de
gages à la Révolution.... Allons au gouvernement provisoire l'assurer de nouveau que nous sommes prêts à lui donner notre concours pour toutes les
mesures d'ordre et de salut public! »

Aussitôt la place occupée, les chefs des clubs et les délégués des corporations s'approchent de l'Hôtel de Ville et demandent à être introduits : quarante d'entre eux pénètrent dans une des salles, où le gouvernement provisoire rassemblé les reçoit. Un de ces émissaires, Gérard, lit alors une pétition, où sont formulés les « vœux du peuple de Paris : 1° l'éloignement des troupes, 2° l'ajournement au 5 avril des élections de la garde nationale, 3° l'ajournement au 31 mai des élections pour l'assemblée nationale. « Hier une manifestation menaçante avait pour but de vous ébranler; nous y répondons par une manifestation pacifique pour vous défendre et nous défendre avec vous. »

L. Blanc, « sentant que sa position particulière dans cette crise lui imposait le devoir de prendre le premier la parole », répondit à cette adresse, en remerciant le peuple de la sympathie témoignée au gouvernement, et en promettant que le conseil délibérerait à bref délai sur les vœux émis. Mais certains des assistants « aux figures inconnues, dont l'expression avait quelque chose de menaçant », réclament une solution immédiate et précise. « Nous ne sortirons pas d'ici sans avoir une réponse à transmettre au peuple! » dit l'un d'eux. Sobrier et Cabet se voient contraints d'intervenir pour soutenir L. Blanc du poids de leur autorité. Ledru-Rollin et Lamartine prennent ensuite la parole; le premier orateur tient à faire observer que les Parisiens, quoique représentant la cité la plus active et la plus intelligente, ne peuvent avoir la prétention de régler les affaires politiques qui intéressent toute la France [1]. Le second proteste contre l'inquiétude injustifiée de ceux qui veulent l'éloignement des troupes : « La République ne veut à l'intérieur d'autre défenseur que le peuple armé », et il ajoute : « Prenez garde à des réunions de ce genre, quelque belles qu'elles soient; les 18 brumaire du peuple pourraient amener contre son gré le 18 brumaire du despotisme, et ni vous ni nous nous n'en voulons. »

La députation se retire; mais le peuple, qui est toujours réuni sur la place de Grève, demande à grands cris les membres du gouvernement provisoire. Ils descendent, pour accéder à ce désir, et viennent se placer sur une estrade dressée devant la façade de l'édifice. Une acclamation enthousiaste accueille leur arrivée; d'un mouvement spontané et unanime, les têtes se découvrent respectueusement, et un cri mille fois répété de « Vive la République, vive le Gouvernement provisoire! » se fait entendre. Au bout de quelques instants, L. Blanc prend à nouveau la parole et prononce une vibrante allocution pour inviter les corporations à se retirer en ordre et avec calme. Elles

1. *Moniteur*, 18 mars.

répondent par de nouvelles acclamations à l'adresse de L. Blanc et s'ébranlent en se dirigeant vers la Bastille. Le cortège se déroule avec une majestueuse ordonnance : à cinq heures, les derniers rangs défilaient encore devant les portes de l'Hôtel de Ville.

Ainsi finit la journée du 17 mars; elle produisit une émotion profonde sur tous les esprits; le nombre imposant des figurants, la dignité de leur tenue avaient vivement frappé l'imagination des témoins, et l'opinion publique tout entière ne se trompait pas sur l'importante signification politique d'un pareil événement. « Louis Blanc et Ledru-Rollin y avaient joué le rôle de protecteurs vis-à-vis de leurs collègues; ils avaient été l'objet des ovations de la partie ardente de la population, et le peuple, par le déploiement formidable de ses forces, s'était de plus en plus enivré de sa suprématie [1] ». Deux enseignements ressortaient de la manifestation : d'une part, la puissance de la classe ouvrière, qui, par sa modération, la ferme conscience de ses droits, son ordre harmonieux, s'était élevée du coup à l'état de force organisée et compacte; — d'autre part, l'ascendant moral de Ledru-Rollin et surtout de L. Blanc, qui apparaissait désormais comme le chef respecté et obéi des travailleurs. C'était ainsi une double victoire pour le Luxembourg, puisque la Commission était considérée comme le parlement des ouvriers, et qu'elle avait L. Blanc à sa tête.

Les organisateurs de la journée se rendaient compte de l'importance de leur succès [2], et le gouvernement lui-même consacra officiellement le triomphe du Luxembourg : le soir même du 17 mars, en effet, le conseil délibéra sur les vœux du peuple, et Marrast proposa d'entendre les délégués des ouvriers, pour faire dépendre de leur opinion la réponse du gouvernement, ce qui fut accepté à l'unanimité [3]. Après une délibération en commun, l'élection des gardes nationaux fut prorogée jusqu'au 5 avril, mais on laissa pendante la question des élections de l'Assemblée. Une proclamation datée du 15 mars [4] annonça ces résultats au peuple en des termes flatteurs pour « les 200,000 citoyens qui, organisés comme une armée, avaient marché avec le calme de la puissance ».

Ce ne fut pas tout : les membres du gouvernement provisoire voulurent donner à la Commission une marque publique de considération et de déférence : le dimanche 19 mars, L. Blanc convoqua les

1. Odilon Barrot, *Mémoires*, II, 112.
2. « M. de Lamartine avait plus particulièrement à reprocher au 17 mars d'avoir été l'œuvre des délégués du Luxembourg, et d'avoir fait passer en revue par le gouvernement la grande, pacifique et puissante armée des corporations ouvrières. » (L. Blanc, *op. cit.*, 9.)
3. Garnier-Pagès, *op. cit.*, III, 392.
4. *Moniteur*, 19 mars 1848.

délégués du Luxembourg à une séance spéciale, à laquelle le gouvernement provisoire assista en corps. Rien n'est plus caractéristique que le récit de cette réunion. Au début de la séance, l'arrivée de L. Blanc est accueillie par des acclamations enthousiastes qui l'empêchent, pendant plusieurs minutes, de parler; il arrive enfin à prononcer quelques paroles : « Mes amis, dit-il, élus du travail, représentants de ces puissantes corporations qui, dans l'immortelle journée d'avant-hier, ont donné à la capitale un si imposant spectacle, les membres du gouvernement provisoire, mes chers collègues, et à leur tête, notre vénérable président Dupont de l'Eure, vont venir dans un instant au milieu de vous pour vous exprimer leur haute sympathie. C'est une situation admirable et toute nouvelle dans l'histoire que ce fraternel échange de sentiments et de pensées entre tous ceux qui composent la société et tous ceux qui sont appelés à l'honneur de la conduire. » Puis L. Blanc se retire pour aller au-devant des membres du gouvernement provisoire. Il réapparait bientôt au bras de Dupont de l'Eure, suivi de tous ses collègues. Quand les acclamations se sont calmées, Arago se lève et prononce un discours au nom du Conseil : « Citoyens délégués, le gouvernement provisoire a désiré vous voir réunis autour de lui, pour vous remercier du fond de son cœur de la magnifique, de l'imposante manifestation d'avant-hier. Vous avez montré au monde entier que nous avons résolu dans notre pays un problème qui semblait insoluble, que nous savons faire marcher de front l'ordre et la liberté... Mais votre tâche n'est pas finie, il vous reste encore un devoir à remplir; réunissez-vous, concertez-vous, afin que les élections soient l'expression de la volonté de tous... Citoyens, je le répète, concertez-vous, formez des comités séparés; ou réunissez-vous à d'autres comités déjà existants, ne vous prononcez qu'en connaissance de cause, faites vos élections avec votre cœur, en mettant de côté toutes influences étrangères, et la République sera satisfaite... »

C'étaient là des paroles bien dangereuses. Le gouvernement ne se contentait pas d'apporter à la Commission des félicitations pour ses succès; il lui prodiguait encore des exhortations imprudentes; non seulement il consacrait officiellement le triomphe du Luxembourg, mais il encourageait ses efforts dans la lutte.

Les résultats de cette faute ne devaient pas se faire attendre.

II

[Du 19 mars au 16 avril.] — Le 16 avril.

Ce succès, la sanction publique que lui avaient donnée les membres du conseil, fortifièrent L. Blanc dans ses desseins d'intervention politique. Ses discours, ses actes, les discussions qui s'engagèrent dans le Comité, les mesures qui y furent proposées, manifestent cette tendance de plus en plus accentuée.\C'est en effet pendant cette période qu'il s'efforce de devenir l'intermédiaire nécessaire entre les travailleurs et les patrons, entre les ouvriers et l'État. C'est à ce moment seulement que la Commission joue le rôle d'un tribunal de prudhommes; c'est alors surtout que le président du Luxembourg se fait auprès du gouvernement l'interprète des revendications populaires; et qu'il cherche même à se donner comme le rédempteur de la classe laborieuse en s'occupant de l'amélioration de son sort, sans solliciter désormais un assentiment officiel.

On peut encore voir se dessiner nettement ces sentiments dans les notes qu'il fait insérer au *Moniteur* : on y remarque une insistance toute particulière à comparer la difficulté de sa tâche au succès avec lequel il la remplit, un effort constant pour rehausser le prix de ses qualités et de ses mérites. Il ne nous semble pas cependant qu'il faille y voir des manœuvres préméditées; ce sont bien plutôt des démonstrations d'une sincérité quelque peu naïve. L. Blanc croyait à la grandeur, à l'utilité de sa mission; il était persuadé que le peuple avait placé sa foi, ses espérances en lui. C'était pour justifier cette attente qu'il voulait se mettre à la tête du mouvement politique de la France. Quelques incidents de très minime importance, presque des faits divers, peuvent nous en fournir des exemples.

Le 25 mars, une députation d'ouvriers accompagnée du clergé, et d'un public nombreux, procède à la plantation d'un des fameux arbres de la Liberté dans le jardin du palais du Luxembourg. L. Blanc et Albert avaient été instamment sollicités par eux de présider la séance. Dès que le prêtre a terminé la bénédiction, des ouvriers, munis d'une bêche, s'avancent vers les deux présidents de la Commission, et avec un accent pénétrant : « A L. Blanc et à Albert, s'écrient-ils, premiers ouvriers de France, de jeter les premières pelletées de terre, qui doivent fixer au sol l'arbre de la Liberté! » Visiblement ému, L. Blanc répond alors : « Premiers ouvriers de France! qui pourrait, sans une émotion profonde, sans une gratitude immense, s'entendre donner ce beau titre! Mais à croire qu'on le mérite, n'y aurait-il pas un orgueil démesuré!... Oui, sans hésitation, nous nous mettons au nombre des ouvriers les plus dévoués de France, parce que nous nous sommes fait à nous-mêmes le serment de consacrer toutes nos heures à ce grand travail du peuple à affranchir [1]!... »

Le 26 mars, L. Blanc s'empresse de publier une adresse qui lui a été envoyée d'Angleterre : elle n'est en effet, selon lui, que l'expression fidèle des sentiments de tous les travailleurs à l'égard de la Commission et de son président [2]. Aux délégués du Luxembourg eux-mêmes il ne parle plus de commission d'enquête « instituée pour préparer la solution des grands problèmes »; il ne leur dit plus que « trop d'impatience, trop de précipitation aboutirait à tout compromettre ». Son langage se modifie depuis le 17 et le 19 mars. Le 28 mars, s'adressant aux délégués : « ... Vous êtes ici, leur dit-il, une assemblée des députés du peuple, les États généraux du peuple. Que l'Assemblée nationale s'installe ou non, celle-ci, j'en ai la confiance, ne périra pas... Il y avait deux chambres, la chambre des députés de la bourgeoisie, et la chambre des Pairs. Qu'a fait le gouvernement provisoire? Il a supprimé la chambre des Pairs : il était bon que la place fût occupée. Le peuple y est, c'est à lui à s'arranger de manière à y rester [3]. »

Ses discours, empreints auparavant de modération, de prudence, deviennent violents, presque agressifs; il ne peut plus comprimer certains mouvements de révolte : « Votre concours peut nous être utile par la force que vous nous communiquez; force morale qui doit nous mettre en état de dire à l'Assemblée : voici les projets de loi que nous présentons; ces projets de loi, ce n'est pas Albert, ce n'est pas L. Blanc qui les présente; c'est le peuple représenté par ses délégués. Traitez avec lui, et maintenant qu'il est organisé, repoussez-le, si vous l'osez [4]! » M. Prévost, sténographe au Luxembourg, parle de ces allocutions dans sa déposition devant la Commission d'en-

---

1. *Moniteur*, 26 mars 1848.
2. Cette adresse émane du comité exécutif de l'Association nationale des corporations unies de la Grande-Bretagne pour la protection de l'industrie et la répartition du travail agricole et manufacturier. Elle est ainsi conçue : « Nous, les représentants des misères et des griefs non encore redressés des corporations d'Angleterre, nous vous payons une dette de reconnaissance pour votre résolution d'accomplir cette fois non seulement votre délivrance politique, mais aussi votre délivrance sociale. Nous la saluons comme l'avènement de notre propre salut.... Nous attendons avec le plus ardent intérêt le résultat des délibérations de la Commission de gouvernement pour les travailleurs.... A vous l'admirable prérogative de donner à cet informe édifice le coup de grâce.... Vous avez noblement combattu, nous vous conjurons d'être fermes jusqu'au bout. Nous en avons l'espoir, la certitude. » (*Moniteur*, 27 mars 1848.)
3. Séance du 28 mars, *Rapport de la Commission d'enquête*, I, 118 et suiv.
4. *Rapport de la Commission d'enquête*, I, 12.

quête [1], et il ajoute qu'elles n'étaient publiées que dans leurs parties anodines. Dans la séance du 25 août à l'Assemblée constituante, L. Blanc, examinant les diverses accusations portées contre lui, avoue que « dans l'élan d'une improvisation dont il lui était impossible de rester complètement maître, il a pu lui échapper des expressions qui avaient un peu trop de vivacité », et il essaye de s'en disculper [2]. Mais il n'en reste pas moins acquis que ses discours étaient alors devenus assez violents pour qu'il crût lui-même nécessaire d'en modifier les termes à l'impression.

Ces tendances ne se manifestèrent pas seulement dans des paroles, elles aboutirent à des actes ; les préoccupations politiques qui assiégeaient L. Blanc, plus pressantes encore depuis le 19 mars, le déterminèrent à jeter la Commission du Luxembourg dans la mêlée politique.

A la séance officielle du 19 mars, Arago avait prononcé quelques paroles d'une très grave portée ; il n'avait pas hésité, on s'en souvient, à dire aux délégués assemblés : « Concertez-vous, formez des comités séparés ou réunissez-vous à d'autres comités déjà existants », pour faire les élections [3]. La Commission répondit à un appel aussi pressant et se mit en mesure de réaliser ce programme, en travaillant à discipliner les suffrages de la classe ouvrière.

Le décret qui fixait le jour des élections parut le 27 mars. Le 28, les délégués sont convoqués, et L. Blanc leur expose le but qu'il se propose, ainsi que les moyens à employer pour le réaliser. « Je ne reviendrai pas sur l'importance pour le peuple d'apporter à ces élections toute sa sollicitude et tout son cœur. Il faut non seulement que les hommes du peuple se fassent inscrire et ne négligent rien pour faire partie de l'assemblée des électeurs ; mais il faut encore que vous adoptiez un système qui fasse que les choix populaires triomphent nécessairement, vous le pouvez. Le nombre est du côté du peuple... Je vous engage donc de la manière la plus vive et avec toute l'ardeur du patriotisme qui m'inspire, à entrer dans un système qui porte l'unité dans vos choix, et qui, par l'unité, les fasse inévitablement triompher [4]. » Il faut donc avant tout s'entendre sur les noms à proposer ; dans ce but, un bureau nommé par le sort sera chargé de former une liste de trente-quatre noms, qui, une fois arrêtée, sera soumise à l'assemblée générale ; mais il ne faut pas seulement y inscrire des noms d'ouvriers ; il est bon d'y faire une place à des hommes

1. *Rapport de la Commission d'enquête*, I, 336.
2. *Moniteur*, 26 août 1848.
3. *Id.*, 20 mars.
4. Discours du 28 mars, *Rapport sur l'Insurrection de juin*, I, 118.

qui, par leur expérience et leur science, pourront utilement soutenir la cause des travailleurs. Choisir vingt ouvriers, et leur adjoindre quatorze savants ou politiciens qui auront donné des gages de sincérité au peuple, tel est le parti à prendre. Mais ayez soin de distinguer parmi eux, ajoute L. Blanc, « ceux qui auront prouvé un long attachement aux prolétaires, et ceux qui se seront ralliés à leur cause au lendemain de la Révolution : la fidélité de ces derniers n'aurait pas été mise à l'épreuve; ils pourraient se dire amis du peuple, pour retirer profit de leurs promesses, au moment où il n'y aurait plus de danger à les faire »... Les délégués, avec une rigoureuse logique, demandent à L. Blanc d'établir la liste lui-même; mais il s'y refuse obstinément, prévoyant les accusations qu'on ne manquerait pas de lui adresser s'il acceptait une telle mission. Ce n'est pas cependant la crainte d'une responsabilité compromettante qui l'arrête; il n'est retenu que par des scrupules de convenance [1]. Les délégués insistent, demandant, à titre de compensation, qu'il leur fasse officieusement passer une série de noms désignés par lui : « Vous comprenez, répond-il, que cela me serait non seulement difficile, mais à peu près impossible, je ne connais pas suffisamment les ouvriers [2]. » Le seul but poursuivi, en dressant la liste, est d'attirer les suffrages populaires [3]. Aussi les bulletins seront-ils imprimés à 150,000 exemplaires, et chacun des délégués se chargera, de les répandre, en recueillant les adhésions. « Qu'on signe donc, qu'on ne discute pas! » tel est le mot d'ordre de cette propagande qu'on veut ainsi pousser jusqu'à l'embrigadement. Le Luxembourg devra, par une campagne active, enrégimenter les votes parisiens, et les députés de Paris dirigeront la France entière [4].

Le compte rendu de cette séance ne fut pas publié au *Moniteur* nous le devons au sténographe du Luxembourg, qui le produisit sur la demande de la commission d'enquête du 15 juin. C'est le seul discours de L. Blanc au Luxembourg, qui, d'après les affirmations de son auteur, n'ait pas été imprimé dans le journal officiel. Ce fait significatif n'en peut que souligner l'importance.

1. « Je ne puis faire la liste moi-même, répond-il, parce que je suis membre du gouvernement provisoire, et qu'il ne serait pas convenable que je présentasse une liste qui pourrait paraître imposée, et qui par cela même manquerait d'autorité. »
2. *Id.*, *loco citato.*
3. « Il faut que les noms qui seront soumis à l'approbation et au choix du peuple aient été arrêtés par vous d'une manière définitive, de sorte que, quand vous les aurez discutés, ils ne puissent plus être discutés ailleurs. »
4. « L'assemblée probablement ne recrutera dans les provinces que des représentants des idées vieilles, et peut-être s'y introduira-t-il beaucoup d'ennemis du peuple.... Mais si vous réussissez à Paris, vous avez la France tout entière, car ce que Paris voudra, le monde entier finira par le vouloir. »

Aussitôt, se constituèrent à côté du comité du Luxembourg, dont les séances s'espaçaient de plus en plus, deux bureaux émanés de son sein. L'un s'intitula le Comité central des ouvriers du département de la Seine, il était destiné à donner une direction politique au parti des ouvriers; l'absence de documents précis ne nous permet pas d'en expliquer la formation, mais nous verrons son action s'exercer dans les mouvements populaires, après la disparition de la Commission elle-même. Dans le même temps, se forma une commission des élections, conformément au règlement électoral préparé par L. Blanc et adopté par l'Assemblée générale des délégués [1]. Ceux-ci nommèrent onze membres, bien que L. Blanc nous donne seulement les noms de six d'entre eux [2]. De peur qu'on suspectât l'indépendance du choix que ce comité devait faire, et qu'on accusât L. Blanc de peser sur ses délibérations, il ne siégea pas au Luxembourg, mais à la Sorbonne, dans un logement gracieusement mis à sa disposition par un professeur de chimie, M. Dumas. Après avoir nommé un président et un vice-président, le Comité se mit, dès le 5 avril, au travail [3]. Il fut décidé que chaque corporation présenterait un candidat, et que les candidats ainsi désignés comparaîtraient ensuite devant la Commission d'examen. Leur réponse serait consignée dans un procès-verbal qui serait lu à l'assemblée générale, après avoir été imprimé et distribué à tous les délégués [4]. Soixante-dix concurrents furent ainsi examinés, pendant huit jours; dans l'interrogatoire qu'ils durent subir, ils eurent à répondre aux principales questions suivantes : « Que pensez-vous des institutions actuelles? — Quelles sont vos idées en matière de religion? — Êtes-vous pour la liberté des cultes? — Les cultes doivent-ils être salariés par l'État? — Quelles sont vos vues sur l'organisation du travail? — Quelles réformes croyez-vous qu'on doive introduire dans la magistrature? — Comment entendez-vous l'organisation de l'armée? Quel rôle doit être le sien, maintenant et plus tard? — Sur quelles bases doit reposer, suivant vous, le système des impôts? — Quelle est votre opinion relative au divorce? — Que pensez-vous des relations à établir entre la France et les divers peuples de l'Europe, notamment l'Allemagne et l'Italie? » — C'étaient surtout, on le voit, des investigations politiques; les problèmes économiques et sociaux y perdaient de leur importance, au profit de la législation fiscale, de l'organisation des

---

1. Voir le règlement dans *l'Assemblée nationale* du 16 avril 1848.

2. Viez, délégué des typographes; Six, délégué des tapissiers; Bonnefond, délégué des cuisiniers; Passard, délégué des brossiers; Panot, délégué des ébénistes; Duchêne, délégué des compositeurs. (L. Blanc, *Histoire de la Révolution*, II, p. 58.)

3. L. Blanc, *loco cit.*

4. *Règlement électoral de l'Assemblée nationale.*

pouvoirs publics, des affaires étrangères. Vers le 15 avril, la commission eut terminé son œuvre; le 17, l'assemblée générale se réunit pour former la liste définitive des candidats.

Mais les élections de Paris ne préoccupaient pas seules la Commission du Luxembourg; quoique L. Blanc ne conservât aucune illusion sur les dispositions de la province à l'égard de son parti, il fit ses efforts pour les rendre moins hostiles : il réclama du gouvernement provisoire, au nom des délégués du Luxembourg, l'envoi dans chaque département de deux ou trois émissaires choisis dans les différentes catégories des ouvriers de la capitale, pour faire de la propagande électorale, à côté des commissaires spéciaux, envoyés par le ministère de l'intérieur. Fait surprenant! le gouvernement souscrivit à ces exigences, et vota même un prélèvement de 100 ou 120,000 francs sur les fonds du ministère pour payer ces missions. C'était le résultat d'un compromis conclu entre le gouvernement et le Luxembourg, dans le but de faire accepter des délégués le terme assigné aux élections : « C'était une concession à l'urgence, un sacrifice à la concorde; une insurrection de 200,000 ouvriers de Paris contre le terme rapproché des élections aurait coûté plus d'or et plus de sang. Tel fut l'esprit de cette concession, elle fut une faute. Quelques-uns de ces hommes scandalisèrent l'opinion et la morale par des actes et par des correspondances qui salirent leur mission [1]. »

L'activité électorale de la Commission ne suffisait cependant pas à satisfaire les délégués. Quoique préoccupés des élections, ils commençaient à s'apercevoir de l'inefficacité des promesses qu'on leur avait faites. On leur faisait entrevoir un avenir riant; mais le présent était toujours aussi sombre. — D'autre part les royalistes commençaient à relever la tête : ils se préparaient à lutter vigoureusement dans les élections. Leurs journaux, comme *Le Constitutionnel*, *La Presse*, ne reculaient pas devant la calomnie et l'injure contre des adversaires que la popularité rendait redoutables, ils allaient même jusqu'à la menace. Devant le péril de la réaction, qui réapparaissait, les ouvriers se révoltaient indignés. En admettant même que les élections de Paris répondissent à leur attente, ce n'étaient pas des émissaires officiels, qui pourraient changer l'état d'esprit de la province : la représentation de leurs intérêts allait donc se trouver perdue dans le sein de la future assemblée, la réalisation des promesses qu'on leur avait faites serait indéfiniment ajournée; et que faire alors contre un pouvoir régulièrement issu du suffrage universel? — Il ne fallait pas attendre, on risquerait de tout perdre. On devait profiter de la

1. Lamartine, *Histoire de la Révolution de 1848*, II, 239.

présence du gouvernement révolutionnaire établi par le peuple de Paris et composé de quelques membres seulement, pour lui imposer l'exécution de ses promesses et de son mandat. Il fallait exercer une pression sur le Conseil; le succès de la manifestation du 17 mars montrait assez l'effet qu'on en pouvait attendre. C'est ainsi que le mécontentement, les déceptions des délégués du Luxembourg provoquèrent une nouvelle démonstration populaire [1].

Ces dispositions étaient d'ailleurs ingénieusement entretenues par les clubs, qui voulaient les faire servir à leurs desseins révolutionnaires. Pendant toute la première quinzaine d'avril, des foyers de révolte s'allumèrent dans Paris, attisés par la voix ardente de ces meneurs, qui recherchent les émeutes à tout prix, sans autre but que de jouir des troubles qu'ils fomentent à leur profit. Tel était Blanqui, très actif, très remuant, qui, aimant la lutte, se plaisant dans le tumulte des réunions publiques et des mouvements populaires, éprouvait toujours le besoin de conspirer, et songeait plus que jamais à reconquérir par la force une popularité atteinte par des accusations trop justifiées.

Mais l'agitation rayonna surtout autour du ministère de l'intérieur et de la préfecture de police. Il arrive maintes fois que les organisateurs de séditions soulèvent le peuple au nom d'un homme populaire dont ils font malgré lui un chef de file. Ce nom est comme une bannière, autour de laquelle s'enrôle un parti, se groupent des mécontents; il devient comme le mot d'ordre d'une faction, sans que celui qui le porte ait songé jamais à souffler la révolte; celui-ci est entraîné malgré lui par une bande d'ambitieux qui s'abritent derrière une étiquette; il n'agit pas, il laisse faire. — C'est ce qui arrivait alors au ministère de l'intérieur, où l'on conspirait pour Ledru-Rollin, et surtout au moyen de son nom. Un cercle d'amis voulait profiter de sa popularité croissante pour le porter seul au sommet de la République, et l'y suivre : Landrin, Portalis, Jules Favre, Carteret, Et. Arago, Barbès, George Sand. Des réunions secrètes se tenaient fort nombreuses, où l'on se concertait sur les moyens et l'opportunité d'un nouveau mouvement populaire.

Caussidière, à la préfecture de police, prêt à soulever les clients des sociétés secrètes auxquelles il était resté affilié, entretenait des intelligences avec les divers partis, dans l'espoir de profiter du succès de l'un d'eux. Les clubs se soulevaient à la voix de Barbès, de Sobrier, de Cabet, qui voulaient renverser le gouvernement, et le remplacer par un comité de salut public.

1. Voir L. Blanc, *Histoire de la Révolution*, II, 11.

Ces divers foyers d'agitation s'entretenaient mutuellement. L. Blanc, cependant, d'après ses affirmations, n'eut aucune relation directe ou indirecte avec un club ou un meneur de club. Mais il est permis de supposer que les délégués du Luxembourg, et surtout ceux qui composaient le comité d'action ne furent pas sans entretenir les chefs des clubs, dont ils faisaient partie, de leurs espérances et de leurs craintes, et sans recevoir d'eux des instigations séditieuses.

Quoi qu'il en soit, il est certain que L. Blanc ne partageait pas les vues des ambitieux révolutionnaires, et il faut reconnaître, avec ses propres adversaires, que toujours et partout soucieux de la légalité, il ne songeait aucunement à renverser le gouvernement ; il ne voulait que le « pousser » dans la voie des réformes. « Il souffla les erreurs, jamais les séditions », a fort justement dit Lamartine. Mais s'il n'avait pas le même but que les conspirateurs des sociétés secrètes ou du ministère de l'intérieur, il devait employer les mêmes moyens, et cela nous explique comment, pour des desseins différents, nous les retrouverons tous cependant, au jour de la manifestation, confondus dans les mêmes rangs, réunis sous la même bannière.

Pendant ce temps, le parti modéré ne restait pas dans l'inaction : Lamartine entrait en relations avec les principaux meneurs : Blanqui, Raspail, Cabet, de Flotte, pour essayer de les séduire et de dissoudre les éléments de la conspiration qui avait transpiré jusqu'à lui. Marrast avait formé à l'Hôtel de Ville un centre de réunion très actif, d'où, secondé par Buchez et Recurt, encouragé par Marie, il organisait les forces de la résistance ; il pratiquait des intelligences avec la garde nationale ; et l'entretenant dans des idées de défense sociale, il la préparait au combat. Quant à Marie, il s'occupait surtout de faire des ateliers nationaux une armée prête à lutter contre les réformateurs à outrance. Nous avons vu que « loin d'être à la solde de L. Blanc, comme on l'a dit, ils étaient inspirés par l'esprit de ses adversaires ; commandés, dirigés, contenus par des chefs qui avaient la pensée secrète du gouvernement, ces ateliers contre-balancèrent les ouvriers sectaires du Luxembourg[1] ». Or quelques jours avant le 16 avril, Marie fit venir E. Thomas, et lui demanda s'il pouvait compter sur les ouvriers des ateliers nationaux[2]. « ... Trouvez un moyen de vous les attacher sincèrement. Ne ménagez pas l'argent, au besoin même on vous accorderait des fonds secrets. » Et comme E. Thomas demandait dans quel but : « Dans le but du salut public,

---

1. Lamartine, *Histoire de la Révolution*, II, 99-102.
2. « J'étais, dit E. Thomas, le premier directeur des ateliers nationaux, en hostilité ouverte contre le Luxembourg, je combattais ouvertement l'influence de L. Blanc. » (*Déposition à la Commission d'enquête*, I, 352.)

lui répliqua Marie. Croyez-vous parvenir à commander entièrement à vos hommes? Le jour n'est peut-être pas loin où il faudra les faire descendre dans la rue [1]. »

L'agitation, on le voit, se manifestait dans les deux camps. L'occasion ne tarda pas de placer les deux armées en présence. On s'était occupé de composer l'état-major de la garde nationale, et on avait accepté d'y admettre quatorze officiers appartenant à la classe ouvrière. Leur élection fut le prétexte d'une manifestation. L. Blanc convint avec les délégués du Luxembourg qu'on se rassemblerait au Champ de Mars le dimanche 16 avril, et qu'après la nomination des officiers, on se dirigerait, comme au 17 mars, vers l'Hôtel de Ville, pour apporter au gouvernement les vœux de la classe ouvrière.

Un fait précis semble témoigner de la pureté des intentions de L. Blanc : le 14 avril, il avertit lui-même le Conseil de la manifestation projetée, « avec, dit Lamartine, une douleur mêlée de reproches ». — Quoique déjà instruit par ses intelligences secrètes avec les conspirateurs, le conseil feignit « d'apprendre ce projet de manifestation pour la première fois, de la bouche de ses collègues [2] »; il protesta contre une démonstration, qui était une sorte d'appel à la violence, et obtint des deux présidents du Luxembourg qu'ils useraient de leur autorité pour modérer le mouvement et lui enlever tout caractère menaçant.

Les meneurs, devenus hésitants, commençaient à concevoir des doutes sur le sort de leur tentative : ils se tenaient en suspicion les uns les autres; et, en cas de succès, chacun craignait de voir le bénéfice de l'entreprise lui échapper. Ledru-Rollin surtout flottait indécis entre deux partis : ayant enfin découvert l'abus qu'on faisait de son nom, il redoutait une conspiration qui pourrait ternir son honneur, et il se refusait néanmoins à trahir la confiance de ses complices. L. Blanc et Albert, qui jusque-là avaient ignoré le concours des clubs les plus violents, se montraient tout à coup perplexes: ils craignaient des alliances compromettantes et des entraînements coupables; mais malgré ces scrupules, qui les laissaient « profondément attristés [2] », pouvaient-ils au dernier moment reculer, alors qu'ils avaient tant contribué à la préparation du mouvement populaire? Le Luxembourg se mit donc en communication avec tous les ateliers; le rendez-vous fixé fut annoncé dans les quartiers populeux; et on prépara ainsi une sorte de levée en masse.

Dès le matin du 16 avril, on voit circuler des groupes d'ouvriers;

1. E. Thomas, *Histoire des ateliers nationaux*, p. 146.
2. Lamartine, *Histoire de la Révolution*, II, 252.
3. Lamartine, *op. cit.*, II, 257.

tous ont leurs bannières, sur lesquelles on peut lire : « Abolition de l'exploitation de l'homme par l'homme! Organisation du travail! Égalité! » La plupart ignorent le but secret de la manifestation, et croient n'avoir été convoqués que pour l'élection des officiers. De vagues rumeurs, habilement semées, des bruits erronés entretenus avec soin circulent dans la foule pour provoquer l'excitation. Afin d'en atténuer l'influence, « les ouvriers des ateliers nationaux inspirés par Marie, et les émissaires nombreux de Lamartine décomposent les groupes, à mesure qu'ils se forment, et les découragent de la sédition ». Vers deux heures, cependant, les colonnes s'organisent et se mettent en marche; quarante mille hommes, partis du Champ de Mars, se dirigent vers l'Hôtel de Ville.

Ledru-Rollin, vaincu par les pressantes prières de Lamartine, prend à la dernière heure le parti de rompre avec les conspirateurs et de s'opposer à l'exécution du complot : il fait battre le rappel. Quand les corporations ouvrières débouchent sur la place de Grève, la garde nationale leur barre le passage, aux cris de : « A bas Blanqui! à bas L. Blanc! à bas Cabet! à bas les communistes! » Les ouvriers demandent à être introduits dans l'Hôtel de Ville; ils veulent assurer le gouvernement de leur dévoûment; lui exposer leurs vœux. On leur refuse l'entrée de la salle du Conseil. Ce sont les trois adjoints qui les reçoivent. Un des délégués lit une pétition, où il expose en termes violents les désirs du peuple[1]. Les adjoints y répondent par des paroles sévères : M. Adam, entre autres, rappelle la députation à la modération et aux convenances. Les délégués indignés réclament L. Blanc, pour se plaindre à lui de cette réception injurieuse. L. Blanc s'efforce de les calmer; il promet d'aller demander au conseil la destitution de l'impudent secrétaire. Il s'y rend en effet; il n'y est pas même écouté. Le voilà réduit à l'impuissance, abandonné de tous, suspecté par ses collègues, accablé de reproches par ses partisans! A tout prix, il lui faut trouver pour les corporations quelque compensation qui les apaise : il va demander au colonel Rey, qui commande la garde mobile, de laisser les délégués défiler devant l'Hôtel de Ville, et d'aider même le cortège à se former, en faisant ouvrir par la garde un chemin à travers la foule. Le colonel accepte; l'ordre est exécuté, mais avec malveillance; si bien que la manifestation est couverte de

---

1. « ...Citoyens, la réaction lève la tête; la calomnie, cette arme favorite des hommes sans principes et sans honneur, déverse de tous côtés son venin contagieux sur les véritables amis du peuple. C'est à nous, hommes de la révolution, hommes d'action et de dévoûment, qu'il appartient de déclarer au gouvernement provisoire que le peuple veut l'abolition de l'exploitation de l'homme par l'homme, que le peuple veut l'organisation du travail par l'association. Vive la République! »

ridicule : les groupes des corporations sont obligés de marcher entre deux lignes de gardes nationaux armés, qui les surveillent et les emprisonnent. C'est aux cris mille fois répétés de : A bas Louis Blanc! à bas le communisme! Mort aux communistes! c'est sous les quolibets de la foule que les délégués avancent en désordre. Le défilé se prolongea jusqu'à onze heures du soir à la lueur des torches. « C'était contre Louis Blanc, contre la doctrine du Luxembourg que s'exhalaient toutes les fureurs : à bas le communisme! c'était le cri qui dominait tous les autres, c'était comme le mot d'ordre de la journée, habilement choisi pour remuer les passions sans compromettre en rien le sentiment républicain.... Tous regardaient L. Blanc comme le principal auteur du mouvement populaire, et c'était contre lui que se dirigeaient les plus furieuses accusations [1]. » Bien plus, le jour même, dans le cabinet de Marrast, plusieurs chefs de légions et plusieurs maires pressaient le maire de Paris de profiter de cette victoire pour faire arrêter le président de la Commission lui-même.

Quoi qu'il en soit, Louis Blanc, « le dictateur de la veille, était le vaincu du jour [2] ». La bourgeoisie s'était ressaisie, pour protester avec énergie contre les théories et les pratiques du Luxembourg. Le cortège triomphant du 17 mars s'était, le 16 avril, changé en un défilé de vaincus : après la victoire des socialistes, la République modérée prenait sa revanche!

(*Sera continué.*)   GEORGES CAHEN.

1. Regnault, *Histoire du Gouvernement provisoire*, p, 300.
2. Odilon Barrot, *Mémoires*, II, 134.

LOUIS BLANC

ET

LA COMMISSION DU LUXEMBOURG.

(1848)

(Suite et fin [1].)

TROISIÈME PARTIE

Rôle politique de la Commission.

III

Du 16 avril au 15 mai. — Le 23 avril, le 15 mai.

L'effet produit par la journée du 16 avril fut considérable : on le voit dans les divers journaux publiés au lendemain de la manifestation ; les feuilles réactionnaires entonnent un chant de victoire, celles du parti avancé au contraire se plaignent avec amertume des manœuvres pratiquées par les adversaires de la République, et de leur succès sur une foule trop crédule. Quant à la commission du Luxembourg, elle rédigea le 17 avril une protestation énergique contre les insinuations de ses ennemis, qui avaient dénaturé ses intentions et ses actes.

La scission, qui s'était peu à peu formée dans le gouvernement entre les représentants des diverses opinions, s'accentua dans les réunions qui suivirent. La minorité, aigrie par la défaite, menaçait à tout moment de démissionner quand on lui refusait les mesures qu'elle réclamait ; la majorité, soucieuse avant tout de conserver l'unité dans le Conseil, pour garder l'ordre dans le peuple, était obligée de ménager les susceptibilités de l'autre fraction. Cette atti-

---

1. Voir les *Annales* du 15 mars et du 15 mai.

tude nous explique les concessions qu'elle fit au parti opposé : dans le *Moniteur* du 17 avril, nous voyons en effet plusieurs proclamations officielles, où le gouvernement semble vouloir atténuer l'effet produit par la journée du 16 et n'y chercher qu'une preuve de l'affermissement de la République. Dans l'une d'elles, il proteste contre « tout cri provocateur, tout appel à la division entre les citoyens, toute atteinte portée à l'indépendance des opinions pacifiques ». Dans une autre, on lit ces mots : « De même que le 17 mars, le 16 avril a montré combien sont inébranlables les fondements de la République. Citoyens, l'unité du gouvernement provisoire représente l'unité de la patrie : c'est ce que vous avez compris, grâces vous en soient rendues! » Et le Conseil convoquait tous les citoyens à une grande fête nationale, dont l'occasion était la remise de nouveaux drapeaux aux colonels de la garde nationale et de l'armée.

Malgré ces efforts pour rétablir l'harmonie dans le gouvernement, L. Blanc sentait que son parti avait subi un grave échec. Il chercha à le réparer dans les élections : le Luxembourg devint une sorte de club; le comité d'action des délégués s'affilia même à plusieurs sociétés, pour constituer le *Comité Révolutionnaire, composé des délégués de deux cents clubs, des corporations ouvrières, de la garde mobile et de l'armée.*

Quant au comité des élections, nous avons vu qu'il avait achevé sa tâche; la liste dressée par lui devait être désormais soumise à l'Assemblée générale et répandue dans la masse ouvrière. Dès le 17 avril, L. Blanc se mit en mesure de réaliser ce programme. Pendant trois jours, l'assemblée travailla à la confection d'une liste définitive; la dernière séance même se prolongea jusqu'à trois heures du matin. Le président se défend énergiquement d'avoir pesé de quelque façon sur les délibérations des délégués[1]. Ces derniers eux-mêmes rédigèrent, le 24 avril, une protestation contre les insinuations lancées à cet égard[2].

Mais, aigris par leur échec, les membres du comité ne surent pas assez dissimuler leurs rancunes, ils écartèrent systématiquement tout

---

1. « Non seulement je n'indiquai aucun nom, mais je n'assistai a aucun débat électoral, et je poussai le scrupule jusqu'à voiler soigneusement mes sympathies. Cela est si vrai que la liste du Luxembourg ne comprit pas les noms que j'aurais le plus désiré d'y voir, tels que celui de Pecqueur par exemple, qui, au Luxembourg, m'avait secondé avec tant de talent et de zèle! » (L. Blanc, *Histoire de la Révolution*, II, 60.)

2. « Nous affirmons sur l'honneur, au nom de la dignité du peuple, au nom de la vérité que le citoyen L. Blanc n'a pris aucune part, de quelque façon que ce puisse être, à la désignation des candidats que nous, hommes du peuple, avons choisis après notre examen et dans la plus complète indépendance de notre jugement. » (*Moniteur*, 25 avril.)

candidat qui se rapprochait du parti modéré. Au lieu de chercher à attirer un grand nombre de suffrages par quelques concessions habiles aux opinions moins radicales, ils avaient eu la prétention de ne présenter que des candidats absolument dévoués au prolétariat. C'est dans cet esprit exclusif et intransigeant que furent rejetés les noms de Marrast, Lamartine, Buchez, Recurt. Béranger ne parut pas assez nettement socialiste; Lamennais fut écarté à cause de ses récentes attaques contre le communisme; Proudhon comme étant trop peu d'accord avec lui-même. Cette tactique fut si maladroite que L. Blanc crut devoir s'en plaindre. « Les délégués du Luxembourg ne furent pas plutôt abandonnés à eux-mêmes qu'ils commirent une faute, par où se révélait, en même temps qu'un puritanisme honorable, beaucoup d'inexpérience, en matière de conduite électorale [1]. »

La liste comprenait quatre membres du gouvernement provisoire : Ledru-Rollin, L. Blanc, Albert et Flocon; — dix autres défenseurs du peuple : P. Leroux, Caussidière, Raspail, Vidal (le secrétaire de la commission), L. Deplanque (président du club des clubs), Napoléon Lebon (ancien détenu politique), Ét. Arago, Thoré (journaliste), Barbès et Sobrier; — puis vingt noms d'ouvriers, parmi lesquels : Huber, Martin, Bernard, Flotte, qui étaient d'anciens conspirateurs, Agricol Perdiguier (membre du compagnonnage), Lagarde (le président du comité des délégués), etc.

L. Blanc sentait cependant la nécessité de trouver des appuis au dehors de la Commission. Il travailla donc à se ménager des alliances et à s'assurer des partisans. Il se risqua même à des compromis avec ses propres adversaires : E. Thomas nous en rapporte, en effet, un exemple très significatif et suffisamment probant [2-3]. A la fête de la Concorde qui, quatre jours après la journée tumultueuse du 16 avril, réunissait dans une pensée pacifique tous les citoyens de la capitale comme « une immense famille unie dans la plus profonde et la plus fraternelle sympathie » [4], il se produisit une discussion assez vive entre les délégués du Luxembourg et ceux des Ateliers nationaux : chacun de ces groupes prétendait obtenir la première place sur l'estrade. Ils finirent par s'entendre et se mêler dans les rangs les uns des autres pour recevoir le drapeau. E. Thomas s'avança donnant le bras à Lagarde, président des délégués du Luxembourg, auquel était venu se joindre Ch. Rouvenat, secrétaire de L. Blanc. Puis, la cérémonie terminée, Rouvenat voulut qu'on se séparât, satisfait d'avoir imposé

---

1. L. Blanc, *op. cit.*, II, 61.
2. *Histoire des ateliers nationaux*, 210 et suiv.
3. Commission d'enquête, I, 352.
4. *Moniteur*, 21 avril 1848.

un échec moral à E. Thomas, en le montrant uni à ceux qu'il avait coutume de combattre; mais E. Thomas réussit à entraîner les délégués du Luxembourg jusqu'au manège Monceau, où il les harangua; puis à l'Hôtel de Ville, où M. Buchez les félicita de revenir à des sentiments pacifiques et feignit de voir en eux des adeptes volontaires des ateliers nationaux. Ce fut durant cette promenade que Lagarde fit des ouvertures très nettes à E. Thomas : il lui proposa de porter son nom sur la liste du Luxembourg, si en échange il consentait à la faire accepter par les ouvriers qu'il dirigeait. E. Thomas refusa.

N'ayant pu triompher de l'ambition de ses rivaux, L. Blanc essaya de secouer la torpeur de ses partisans; il imagina de convoquer tous les travailleurs du département de la Seine au Champ de Mars pour arriver à une entente définitive dans les votes, et réaliser le plan formé. Mais il attendit jusqu'à la dernière heure, pour publier la liste, afin que la masse ouvrière ne pût en concerter une autre, et acclamât sans discussion les noms qui lui seraient proposés. Ce ne fut que le 22 avril, la veille des élections, que parut une proclamation adressée par les délégués du Luxembourg « à leurs frères, les travailleurs », les engageant à « l'unité dans le vote », sous prétexte « d'indépendance ». Mais la presse modérée avait protesté vigoureusement contre cet embrigadement des suffrages. Lamennais lui-même, toujours fort écouté de la classe ouvrière, s'était élevé avec indignation contre de telles manœuvres : « Hier, on vous proclamait souverains; aujourd'hui, on vous traite comme des serfs qui ne doivent avoir d'autre pensée, d'autre volonté que celle de leur gracieux seigneur. » Aussi la convocation lancée par L. Blanc n'eut-elle que peu de résultats.

D'ailleurs, les efforts de L. Blanc étaient contrebalancés par ceux de ses adversaires, et l'effet que pouvaient produire ses paroles et ses actes était singulièrement atténué par l'influence du parti modéré coalisé contre lui. Les journaux royalistes surtout, *le Constitutionnel*, *l'Assemblée nationale*, entre autres, ne craignirent pas de se livrer à une véritable campagne de calomnie contre la Commission des travailleurs. On représenta le Luxembourg comme un lieu de délices où les plaisirs les plus raffinés et les festins les plus dispendieux rassemblaient chaque jour les sybarites du prolétariat : on soutint que l'ouvrier Albert n'était pas ouvrier, que c'était un industriel enrichi, mieux encore, un millionnaire. On représenta le président et le vice-président du Luxembourg comme « héritiers du luxe de Barras »; alors que les délégués ne touchèrent pas une obole pendant toute la durée de leur mission et que les membres du gouvernement reprochaient à L. Blanc et Albert leur affectation de frugalité[1].

1. L. Blanc, *passim*.

Les ateliers nationaux jouèrent aussi un rôle important dans la campagne menée contre le Luxembourg. Marrast et Marie, avec l'aide de Buchez et d'E. Thomas, préparèrent en effet une vaste revue des ateliers, qui devait avoir lieu à Saint-Maur la veille des élections et se terminer par une réception officielle des délégués dans la salle du palais de la Bourse par les deux membres du conseil. Mais, au dernier moment, on craignit la fâcheuse impression que pourrait produire une manœuvre de ce genre et le projet ne reçut pas d'exécution. On se borna à faire paraître à un million d'exemplaires une liste électorale d'où les noms de L. Blanc, Albert, Flocon et Ledru-Rollin étaient exclus, et on employa plus de 800 ouvriers des ateliers nationaux, à raison de cinq francs par jour, pour répandre la liste dans Paris tout entier. C'était l'enrégimentement des suffrages de part et d'autre.

Les élections eurent lieu le 23 avril, jour de Pâques. Ce ne fut que quelques jours après qu'on en connut les résultats exacts. Parmi les 34 représentants élus à Paris, on ne trouvait comme candidats du Luxembourg que :

Caussidière............	élu le	20e avec	133,775	voix.
Albert...................	—	21e —	133,041	—
Ledru-Rollin.............	—	24e —	131,587	—
Flocon....................	—	26e —	121,864	—
L. Blanc.................	—	27e —	121,140	—
Agricol Perdiguier.......	—	29e —	117,290	—

Celui qui récoltait ensuite le plus de suffrages après les élus, Barbès, n'arrivait que 43e. En province, l'échec avait été complet.

Le 27 avril, aussitôt les scrutins proclamés, L. Blanc réunit les délégués au Luxembourg, et essaya d'atténuer le triste effet que la nouvelle avait produit sur eux : « Mes amis, je viens à vous le cœur un peu triste, et cependant plein d'ardeur, de courage et d'espérance. Non, quoi qu'on en puisse penser, j'en jure par le génie de la France, le génie de la Révolution ne périra pas!... En jetant les yeux sur la liste des élus, je n'ai pu me défendre, je l'avoue, d'un sentiment douloureux... » Et il essaie habilement d'expliquer l'insuccès par la colère et l'effroi de ceux qu'il a attaqués avec sincérité et franchise. Il préfère une part moins grande dans les élections au lâche sacrifice de ses convictions, au silence humiliant de sa conscience et il s'efforce de répondre une fois de plus aux critiques de ses adversaires, de réduire les accusations de ses calomniateurs. « L'avenir est plein d'espoir. Soyons sans crainte sur les destinées de la France,

la Révolution triomphera... Vive la République démocratique! » et le
Moniteur rapporte que « le président des délégués, Lagarde, vient alors
au nom de ses camarades offrir un magnifique bouquet à L. Blanc, et
l'embrasse. Des applaudissements redoublés éclatent sur tous les
bancs, toutes les physionomies rayonnent de joie et d'espérance [1]. »
Mais quelque effort que fit L. Blanc pour expliquer à son profit les
résultats des élections, il n'en était pas moins évident pour tous qu'ils
consommaient non plus seulement la défaite, mais la ruine même du
parti du Luxembourg.

Aussi, à partir de ce jour, ce fut-il dans la presse, dans les organes
de ce parti, dans la bouche de ses représentants, un débordement de
plaintes, d'invectives, de reproches, de colères. Les socialistes criè-
rent à la réaction, ils se répandirent en récriminations contre les électeurs, en menaces contre les élus. Et quand, le 4 mai, l'Assemblée
nationale se réunit, le préfet de police, effrayé de la fermentation des
esprits, dut prendre des mesures sévères pour éviter les troubles que
laissaient prévoir les provocations incessantes des vaincus.

Dès que l'Assemblée se fut constituée, Dupont de l'Eure, le président
du Gouvernement provisoire, monta à la tribune pour déclarer que
« le moment était arrivé pour le gouvernement de déposer entre les
mains des députés, le pouvoir illimité dont la Révolution l'avait
investi [2] ». Le 6 mai, Lamartine rendit compte des actes du Conseil ;
et, arrivant à la Commission du Luxembourg, il montra en elle « un
laboratoire d'idées, un congrès préparatoire et statistique du travail
et des industries, éclairé par des délégués studieux et intelligents de
toutes les professions laborieuses ». Le même jour, L. Blanc prit la
parole, pour expliquer en son nom propre les travaux de la Commission, il ne perdit pas cette occasion de développer ses principales
théories, dont il termina l'exposé par une péroraison enflammée :
« L'association est une noble et belle chose, non pas parce qu'elle
déplacera la richesse, mais parce qu'elle l'universalisera en la fécon-
dant, parce qu'elle élèvera le niveau de tous, de tous sans exception.
Ce niveau élevé indéfiniment, ce n'est pas le niveau du peuple seulement, c'est le niveau de l'humanité! » Le même jour, il se démettait,
en même temps que ses collègues, des fonctions qu'il avait exercées
depuis le 28 février [3].

Le 9 mai, l'Assemblée vota la constitution d'une commission exé-

1. *Moniteur*, 28 avril 1848.
2. *Moniteur*, 5 mai 1848.
3. *Moniteur*, 7 mai 1848.

cutive composée de cinq membres [1], à la nomination desquels elle
procéda sur-le-champ : Arago, Marie, Garnier-Pagès obtinrent une
forte majorité; le nom de Ledru-Rollin ne passa que grâce à l'intervention de Lamartine, qui s'était ouvertement solidarisé avec son
ancien collègue, et qui lui-même ne fut élu qu'avec peu de voix.
Quelques rares suffrages s'égarèrent sur les noms de L. Blanc et
Albert. L'élément communiste était définitivement écarté.

Un nouvel échec du parti du Luxembourg vint encore augmenter
ses rancunes et ses colères : le 10 mai, L. Blanc monta à la tribune
pour proposer à l'Assemblée, déjà peu favorablement disposée à son
égard, la création d'un ministère du travail et du progrès. Comment
pouvait-il se flatter d'obtenir d'une assemblée modérée, presque réactionnaire, ce qu'un gouvernement révolutionnaire lui avait antérieurement refusé? Cette prétention semblait une sorte de défi jeté aux
députés de la Constituante, à moins qu'elle ne fût une dernière protestation destinée à grouper tous les mécontents. Les paroles mêmes
de L. Blanc étaient, par leurs maladresses, bien propres à heurter les
susceptibilités des auditeurs : « Je sais que je rencontre ici des pré-
ventions qui sont dressées contre moi, et qui peut-être sont nombreuses, je vous demande donc un peu d'attention et d'indul-
gence... »; il réclamait la réforme non pas seulement à bref délai,
mais il en voulait l'adoption sur-le-champ, le jour même. La
Commission du Luxembourg ne pouvait suffire; sans budget, sans
initiative, il lui était interdit d'aboutir à des résultats féconds : un
ministère doué d'autonomie, de ressources et de moyens d'action
était indispensable pour remédier à une situation mauvaise. « Vous
avez un ministère de la guerre, il vous faut un ministère de la paix,
et le ministère de la paix, c'est le ministère du progrès et du travail. »
La violence de ces réclamations et de ces plaintes excite les murmures
de l'Assemblée; l'orateur est interrompu par des exclamations ironi-
ques ou des cris d'indignation. Un député, Freslon, intervient pour le
rappeler aux convenances et à l'ordre : « ... Votre personne est en
dehors du débat, lui dit-il, et je regrette que vous l'y placiez si
souvent. » Mais L. Blanc, emporté par l'ardeur du débat, ne désarme
pas, et après une discussion véhémente, il termine par une sombre
menace : « On disait avant la révolution de février : Prenez garde à
la révolution du mépris! Eh bien! c'est à nous à rendre impossible,
et cela se peut, la révolution de la faim! »

Le bon sens des ouvriers vint protester contre l'attitude de
L. Blanc : un des délégués des travailleurs, près la Commission du

_____

1. *Moniteur*, 10 mai 1848.

Luxembourg, Peupin, combattit même la proposition et les termes dans lesquels elle était conçue [1], réclamant des actes réfléchis, au lieu de décevantes promesses [2].

Au lieu du ministère préconisé par L. Blanc, on créa une commission nommée dans le sein de l'Assemblée, pour procéder à une enquête sur le travail. Les efforts impuissants de l'ancien président du Luxembourg, ses protestations, ses récriminations indignées n'avaient réussi qu'à exciter contre lui l'animosité et la haine. Ce nouvel échec désabusa les travailleurs laborieux; mais il exaspéra la colère des mécontents.

Une grande fête de la concorde devait avoir lieu le 13 mai; le Luxembourg refuse d'y prendre part [3]. La presse, les meneurs de clubs cherchent à exploiter ce mécontentement pour en tirer quelque profit [4]. Ils conseillent aux ouvriers de ne pas tenir compte de ce qu'ils nomment « une fausse représentation nationale »; le peuple a le droit, selon eux, de se substituer, par tous les moyens, à ses députés, quand ceux-ci faillissent à leurs devoirs. Et pour mettre ces principes en pratique, pour soulever les masses populaires et les mener à un coup d'état, ils n'attendent qu'un prétexte : ce sera la manifestation du 15 mai en faveur de la Pologne.

Nous ne pouvons retracer ici l'histoire de cette néfaste journée; ce serait sortir du cadre de notre étude; mais dans le chaos des contradictions, dans la confusion des dépositions ou des récits qui nous ont été relatés, nous devons essayer de démêler le rôle que put y jouer le Luxembourg. La participation des délégués au mouvement populaire semble certaine; une lettre qu'ils adressent à leur ancien président le 11 août 1848 en donne la preuve [5]; mais, d'après leur affirmation, « jamais il n'a été question de cette manifestation entre L. Blanc et eux,

---

1. « ... Comme je ne veux pas me lancer dans l'inconnu, que je ne l'aime pas, je demanderai que l'on ne constitue pas de ministère de la routine. Si la routine a dominé les travaux du ministère, eh bien, elle n'y dominera plus et ce sera fini là!... Je demanderai que le ministère du travail soit tout simplement le ministère des travaux publics... Ce que demande le peuple, c'est du travail, parce qu'avec du travail, il a du pain. Mais nous comprenons très bien, je dis nous, parce que je suis ouvrier, que le travail ne peut renaître qu'avec l'ordre et la confiance. C'est l'Assemblée nationale qui est l'espérance de tout le peuple. »

2. « Délégué des travailleurs à la Commission du Luxembourg, je ne dirai pas que la Commission a été coupable et cela par une bonne raison, c'est qu'on n'est pas coupable, quand on n'a rien fait. »

3. « Les promesses faites sur les barricades, disaient-ils dans une protestation, n'étant pas accomplies et l'Assemblée nationale ayant refusé, dans sa séance du 10 mai, de constituer un ministère du travail et du progrès, les délégués au Luxembourg se refusent à assister à la fête dite de la Concorde. »

4. Voir une adresse du club de Popincourt, dans le *Moniteur* du 12 mai 1848.

5. Appendice aux *Pages d'histoire*, de L. Blanc.

et jamais ils n'ont eu d'autre intention que de demander l'intervention en faveur de la Pologne; il était loin de leur pensée qu'on dût
envahir l'Assemblée nationale ». C'est en effet ce qui semble résulter
de la plupart des témoignages : les corporations n'avaient répondu à
l'appel des chefs de club et en particulier d'Huber que pour aller
porter une pétition en faveur de la Pologne. — Quant à L. Blanc et
Albert, on a prétendu à tort qu'ils avaient comploté avec Caussidière
et Barbès pour renverser les pouvoirs constitués. La vérité qui se
dégage des documents dignes de foi paraît être que connaissant la
manifestation projetée, ils essayèrent de s'y opposer. Mais, ainsi qu'il
arrive souvent dans les manifestations populaires, les fauteurs de
désordre profitèrent habilement des dispositions d'une foule agitée et
inquiète, pour faire dégénérer une démonstration pacifique en une
émeute. Des émissaires inconnus parcourent les rangs pour y semer
le trouble; ils haranguent les groupes; ils les excitent, en mêlant aux
vivats pour la Pologne, les cris de : Vive L. Blanc! Vive l'Organisation
du travail! Quand, arrivé au seuil du Palais-Bourbon, le cortège s'arrête
pour laisser passer des délégués porteurs d'une pétition, ils l'exhor-
tent à pénétrer dans l'enceinte. Le mot d'ordre : « En avant! » se pro-
page de bouche en bouche, et la foule, entraînée par ces rumeurs, se
précipite dans l'intérieur du Palais. L. Blanc veut conjurer le peuple
de rester calme et silencieux, « afin que le droit de pétition soit consacré, et pour qu'on ne puisse pas dire qu'en entrant dans cette
enceinte, le peuple par ses cris a violé sa propre souveraineté »;
mais les mêmes agitateurs l'interrompent par des exclamations pro-
vocatrices. Il fait une seconde tentative, et va, debout sur une fenêtre
entre ses amis Albert et Barbès, haranguer la foule pour apaiser
l'effervescence; il insiste pour « qu'on laisse à l'Assemblée le loisir de
délibérer et pour qu'on attende avec calme le résultat de ses délibérations »; à ce moment, un groupe parvient à se glisser derrière lui, il
le saisit et, ce n'est qu'après l'avoir porté en triomphe tout autour de
l'Assemblée qu'il le ramène dans la salle. Ce sont donc les meneurs
qui le compromettent par leurs ovations. Une fois le fameux cri de
Huber prononcé : « Au nom du peuple, l'Assemblée nationale est dissoute! » on veut entraîner L. Blanc à l'hôtel de ville, il parvient à
résister. Barbès et Albert sont moins heureux, et on les voit inquiets,
défaits, poussés malgré eux dans la foule vers la place de Grève; leurs
protestations énergiques sont sans effet : « Vous nous perdez, vous
perdez la République », disent-ils à leur entourage. Tout est vain. Les
factieux qui sont restés au Palais-Bourbon et croient leur victoire
assurée, dressent les listes de noms pour composer un nouveau gouvernement populaire. L. Blanc et Albert y sont partout portés. A

l'hôtel de ville, on commence déjà à rédiger des décrets pour prononcer la dissolution de l'Assemblée, etc., quand la garde nationale arrive ; elle charge à la baïonnette la foule qui stationne tout autour, pénètre dans l'édifice aux cris de « A bas les Communistes! » et met Albert et Barbès en état d'arrestation.

Pendant ce temps, une autre partie de la garde nationale avait réussi à chasser les insurgés du Palais-Bourbon, et l'Assemblée avait pu reprendre séance. L. Blanc y revient bientôt et va rejoindre ses collègues. A son entrée, les gardes veulent le mettre en pièces ; il n'échappe à leur fureur que grâce à l'intervention de quatre ou cinq de ses collègues. Il monte alors à la tribune, pour expliquer sa conduite, on l'y accueille par des murmures d'indignation, il essaie de parler, les injures partent de tous côtés à son adresse. « Respectez un collègue », crie une voix. « Ce n'est pas un collègue, c'est un factieux », répond-on. Le président obtient néanmoins un peu de silence. « Citoyens, commence alors L. Blanc, c'est votre dignité, votre honneur, c'est votre droit que je viens défendre en ma personne! » « Vous insultez l'Assemblée, lui répond-on... Vous ne parlez que de vous... A la question!... A l'ordre! » L'orateur ne peut se faire entendre, il regagne sa place. A ce moment M. Landrin, procureur de la République, vient demander à l'Assemblée d'étendre à Albert l'autorisation de poursuites déjà accordée pour Barbès et Courtais ; on la vote à la presque unanimité et l'on décide que la garde nationale, la garde mobile et la troupe de ligne ont bien mérité de la patrie.

La journée avait donc complètement avorté pour les factieux. Mais ses conséquences s'étendaient aussi à ceux qui avaient inconsciemment servi leurs projets. Les manœuvres des chefs de club avaient réussi à faire des anciens présidents de la Commission pour les travailleurs des insurgés, et du Luxembourg un foyer de rébellion.

Tels étaient les résultats auxquels avait abouti l'ingérence de la commission dans la politique active. Dans ses recherches économiques, elle avait pu rester impuissante ; elle devint dangereuse et funeste le jour où elle se mêla de la chose publique. Après s'être transformée en un véritable parti, elle devint un instrument de trouble entre les mains des agitateurs. Son intervention dans les affaires de l'État commença par être une faute, elle dégénéra en un crime ; nuisible aux intérêts du pays, elle perdit la Commission elle-même.

QUATRIÈME PARTIE

Disparition de la Commission

I

DATE DE LA DISSOLUTION.

Après le 15 mai, la Commission disparut. L'*Almanach national* de 1848 porte qu'elle fut dissoute le 16 mai, et quoiqu'aucune trace officielle n'ait pu être trouvée de la date exacte de son démembrement, il semble bien que celle-ci soit la véritable. Elle est en effet confirmée par plusieurs documents.

Nous trouvons d'abord, dans une lettre des délégués déjà citée, un passage ainsi conçu [1] : « Nous ajoutons que le 15 mai, le Luxembourg était encore ouvert aux délégués des corporations qui continuaient à y tenir leurs séances ordinaires. L'exactitude de ce fait est incontestable, on en trouvera la preuve dans nos papiers, qui depuis cette époque sont sous séquestre, malgré nos demandes réitérées pour obtenir ces papiers qui sont notre propriété [2]. Le procès-verbal de la dernière séance constate que la prochaine réunion avait été fixée au mardi 16 mai, ce qui, soit dit en passant, impliquerait encore contradiction avec certaine lettre, sans signature, trouvée par un artilleur dans la nuit du 15 mai. Le rapport dit que le 13 mai, le gouvernement ayant interdit l'entrée des établissements de l'État, les ateliers nationaux s'étaient renforcés des délégués du Luxembourg, qui venait de se fermer. Cela est complètement faux. Le procès-verbal dont nous parlions tout à l'heure le prouve. Ce procès-verbal établit en effet que le 12 mai nous siégions encore au Luxembourg et que nous étions convenus dans ladite séance de nous réunir le mardi 16 mai. Il est donc faux qu'à cette époque nous ayons considéré le Luxembourg comme nous étant fermé, et il est également faux que, par suite, nous soyons allés nous réunir aux ateliers nationaux.... »

Bien plus, dans l'acte d'accusation dressé par le ministère public au procès de Bourges, il était formellement dit : « La proposition faite à l'Assemblée nationale, le 10 mai, d'un décret ordonnant une

---

1. *Pages d'histoire*, L. Blanc, Appendice.
2. Malheureusement, ces papiers, qui nous auraient été d'un si précieux secours dans notre étude, se sont dérobés à nos nombreuses recherches, et ont dû être ou égarés ou brûlés.

enquête sur le travail et la nomination d'une commission chargée d'y procéder, était le signal de la dissolution de la Commission présidée par L. Blanc et Albert. C'est dans la soirée du samedi 13 mai qu'eut lieu au Luxembourg la dernière séance des délégués des travailleurs. « Mes amis, leur dit L. Blanc, mon cœur et mes sentiments sont avec vous, quoique je ne sois plus votre président... » Puis il leur présenta Albert en leur disant : « Voilà Albert, mon ami, il est à vous ainsi que moi. Nous nous reverrons, vous savez ! » Les délégués répondirent : « Oui, oui, soyez tranquilles, nous vous défendrons ! [1] »

De tous ces documents, il semble légitime de conclure que c'est bien le 16 mai que fut dissoute la Commission, sans que cependant aucun décret ait été promulgué pour prononcer cette dissolution.

Nous savons aussi que, dès le 8 mai, L. Blanc et Albert avaient démissionné, en demandant à être remplacés à la présidence du Luxembourg : « Le président et le vice-président de la Commission ont résigné leurs fonctions, annonce le président de l'Assemblée..., ils vous prient de vouloir bien pourvoir à leur remplacement [2]. » Et cependant la Constituante ne leur nomma aucun successeur. La commission resta donc une semaine sans direction officielle; on peut dire qu'elle ne survécut à ses chefs que par une pure négligence de l'Assemblée; car elle n'était pas dissoute par la seule démission de ses présidents, comme le laissait entendre *la Réforme* du 20 mai. Aux yeux des représentants du pays, cependant, comme pour le peuple même, elle n'existait plus en fait, le jour où ceux qui l'incarnaient abandonnaient sa direction. Il fallut sans doute les événements du 15 mai pour que sa survivance éphémère attirât l'attention. Dès le lendemain, elle cessait d'avoir une existence légale.

La Commission du Luxembourg avait vécu moins de trois mois !

II

CONTINUATEURS DE LA COMMISSION.

Il est certains organes sociaux qui ne disparaissent jamais tout entiers, surtout lorsqu'ils ont joué un rôle important dans le fonctionnement de la machine politique. Dissoute le 16 mai, la Commission pour les travailleurs se survécut dans une certaine mesure à elle-même. Elle s'était livrée à des recherches économiques et sociales; le Comité du Travail et les Commissions d'enquête de l'Assemblée constituante les reprirent, quoique dans un esprit tout

---

1. *Gazette des Tribunaux*, mars 1849.
2. Séance du 9 mai à l'Assemblée (in fine). *Moniteur* du 10 mai 1848.

différent. Elle avait exercé une influence prépondérante sur les événements publics, son héritier politique fut le Comité des délégués du Luxembourg. Une étude sur la Commission du Luxembourg ne serait pas complète, si on n'y recherchait brièvement les traces de son influence après sa disparition même.

A. **Le Comité du travail. Les Commissions d'enquête.** — Nous avons vu déjà que le 10 mai la demande de L. Blanc, qui réclamait la création d'un ministère du progrès et du travail, avait été repoussée à la presque unanimité; mais, ne voulant pas paraître se désintéresser des questions sociales, l'Assemblée avait voté une proposition présentée par Peupin et Flocon, et signée par un groupe de quinze députés (parmi lesquels Wolowski, Considérant, Corbon, Agricol Perdiguier et trois ouvriers), instituant une commission d'enquête sur la situation des travailleurs. L'Assemblée tout entière devait se répartir en quinze comités chargés d'étudier chacun un ensemble de questions déterminé; l'un d'eux fut exclusivement consacré aux problèmes sur le travail.

Le comité se réunit pour la première fois le 17 mai. Il était composé de 74 membres pris par le président et le vice-président de l'Assemblée sur la liste des députés qui avaient eux-mêmes demandé à en faire partie. Parmi eux, on remarque les noms de Falloux, Waldeck-Rousseau, Wolowski, Bastiat, Bethmont, V. Considérant, Peupin, L. Reybaud, J. Simon, de Vogüe et L. Blanc; mais dès le 21 mai, ce dernier écrivait au président une lettre pour lui donner sa démission, sous prétexte qu'il ne pouvait pas assister simultanément aux séances des différents comités dont il faisait partie. — Le Comité élut son président, Corbon; son vice-président, Thouret; il se divisa en plusieurs sous-commissions, puis il décida à l'unanimité de se réunir tous les jours à dix heures, et de convoquer, selon les exigences des problèmes soulevés, des délégués de diverses industries, et des économistes qui par leurs travaux antérieurs pourraient lui donner d'utiles conseils [1].

Il est intéressant de constater ici une similitude assez frappante entre le mode de travail adopté par le Comité, et celui qu'avait suivi la Commission du Luxembourg. L. Blanc avait commencé par donner un plan d'étude aux délégués des ouvriers et des patrons, c'est par là que débuta le Comité lui-même. A la séance du 29 mai, on voit en effet le président Corbon « rendre compte des motifs du retard apporté à la publication du programme du comité : la publi-

1. Procès-verbaux du Comité du Travail (*Archives de la Chambre des Députés*).

cation demandée pouvait être imprudente dans les circonstances actuelles ; le programme tel qu'il a été voté, n'était pas assez large, ou au moins assez explicite. Les ouvriers ne l'auraient pas compris, et il était à craindre qu'on ne cherchât au dehors à interpréter d'une manière fausse les intentions si incontestablement dévouées du comité aux intérêts des travailleurs. Il est essentiel de revoir le premier travail et de le compléter en définissant nettement les questions qui seront l'objet de l'étude du comité. »

Comme la commission du Luxembourg, le comité prépare des projets de décret : il étudie les mesures à prendre pour les ateliers nationaux ; il discute pendant de nombreuses séances la loi proposée sur les conseils de prudhommes, en y introduisant le principe mis en pratique par le Luxembourg : l'égalité des ouvriers et des patrons n on seulement quant à l'électorat, mais encore quant à l'éligibilité.

Il y a plus, le rôle de conciliateur dont le Luxembourg s'était trouvé investi, est repris par le Comité du travail : il devient, comme celui-là, une sorte de tribunal auquel chefs d'industrie et salariés s'adressent pour régler amiablement leurs différends : le 2 juin, il voit comparaître devant lui les ouvriers et les patrons de l'industrie des papiers peints à Paris ; et le 3 juin, il fait paraître une note ainsi conçue : « Le comité, voulant donner une preuve de sa vive sollicitude pour les intérêts en souffrance de l'industrie, et pour activer autant qu'il est en lui la reprise désirable des travaux interrompus par suite de désaccords survenus entre les patrons et les ouvriers, ne se dessaisit pas entièrement de cette sorte de haute prudhomie, que lui confère la confiance commune des travailleurs et des chefs d'industrie, et décide que toutes les fois que des contestations seront portées devant lui, une sous-commission spéciale sera chargée de les entendre à l'effet d'amener, s'il se peut, les adversaires à une transaction toute volontaire. »

La relation que nous avons établie entre le comité du Travail et le Luxembourg se trouve ainsi justifiée. Mais il importe, en faisant un tel rapprochement, de ne pas oublier que l'esprit dont ils s'inspiraient était entièrement divergent. Nous ne pouvons nous appesantir ici sur les profondes différences qui les séparent, au point de vue de la composition, de l'organisation intérieure, des travaux entrepris ; mais remarquons cependant que le Comité du Travail sut restreindre sa tâche à des recherches consciencieuses, utiles et pratiques. Il n'essaya pas d'être « un Parlement du travail », ou même une tribune retentissante pour des théoriciens éloquents ; mais il fut une commission d'études chargée d'élaborer, de discuter, de réviser les projets de lois économiques et sociales qui lui étaient soumis, avant d'être proposés au vote de l'Assemblée; et c'est parce qu'il renferma son rôle dans ces limites modestes, c'est parce qu'il se livra sans bruit à un travail obscur que son œuvre porta ses fruits.

Il fut d'ailleurs puissamment aidé par les commissions d'enquête que l'on établit dans toute la France sur une proposition du citoyen Billault, présentée le 16 mai. La commission du Luxembourg n'avait fait appel qu'aux délégués des industries de Paris et n'avait porté ses recherches que sur la situation des travailleurs de la Seine; elle était restée exclusive et locale. La Constituante ne voulut pas retomber dans les mêmes erreurs. Aussi accueillit-elle favorablement le projet déposé sur son bureau :

Il devait y avoir dans tous les arrondissements de France une commission spéciale, composée en proportion égale des délégués des patrons et de ceux des ouvriers. Chacune devait : 1° étudier les faits, constater les besoins, indiquer les remèdes; 2° intervenir à l'amiable dans les différends entre patrons et ouvriers. Les travaux de ces commissions seraient rassemblés par des commissions départementales, formées suivant les mêmes règles; et les différents rapports de ces dernières seraient centralisés par le Comité du travail de l'Assemblée, afin qu'il en tirât les conclusions utiles. C'était donc toute une organisation nouvelle qu'on voulait établir, pour éclairer la Constituante sur les besoins locaux de chaque contrée, et pour la mettre en mesure de travailler avec impartialité et profit au bien-être de la France tout entière.

Cette proposition, excellente dans son principe, fut, le 24 mai, l'objet d'un rapport détaillé de la part du député Waldeck-Rousseau, qui s'en déclara partisan : l'enquête, disait-il, était « le lien de confiance et de devoir qui rattacherait l'Assemblée aux populations laborieuses... Aujourd'hui, nous voulons aux paroles qui ont signalé les maux du présent sans les détruire, qui ont montré la guérison, sans jamais l'appliquer, substituer des faits positifs, la consolation et les remèdes de tant de souffrances révélées. Je le dis haut, parce que ces paroles sont un engagement envers le pays [1]. » Le 25 mai, le projet fut longuement discuté et définitivement admis, malgré quelques modifications de détail. Les Commissions devaient être présidées par le juge de paix : « Chaque spécialité d'industrie, de culture, et de travail agricole devait y être représentée par un délégué patron, et un délégué ouvrier », et pour qu'on pût y procéder à un travail pratique et rapide on détermina les renseignements qu'on y devait recueillir, tels que : le nombre des ouvriers, les apprentis de chaque

1. *Moniteur*, 25 mai 1848.

usine, les ressources du travail offertes par chaque industrie et dans chaque canton, l'état des salaires, les institutions de prévoyance; et aussi plusieurs points qui avaient fait l'objet non seulement de recherches, mais encore de mesures de la part de la Commission du Luxembourg, comme : les effets des sous-entreprises de travaux ; les conditions et résultats des associations entre ouvriers et patrons, l'influence sur le travail libre des maisons centrales, hospices, etc. Ce projet, transformé en décret par l'Assemblée, reçut une excellente application. On peut voir en effet, dans un rapport du 18 décembre de M. Lefebvre-Duruflé, que 2,177 cantons sur 2,847 en France envoyèrent des procès-verbaux d'enquête [1], et on comprend que ces travaux consignés dans de vastes registres aient réussi à diriger utilement les recherches du comité du travail.

L'essai tenté par le Luxembourg dans le domaine économique n'avait donc pas été entièrement perdu. L'idée de mettre à l'étude les moyens d'améliorer le sort des travailleurs, ce principe qui avait été la première raison d'être de l'institution de février, fut recueilli par la Constituante. Mais tout en procédant du Luxembourg, les commissions et comités de l'Assemblée surent éviter ses erreurs et ses fautes; et, en travaillant sous une direction plus sage, avec un but moins ambitieux et une organisation plus savante, ils aboutirent à des résultats plus féconds.

B. **Le Comité central des Délégués du Luxembourg.** — Nous avons vu qu'au mois de mars, dans le temps même où la Commission commençait à s'occuper des élections, elle avait détaché de son sein une sorte de comité d'action qui devait servir de lien entre le Luxembourg et la masse ouvrière. Si l'on en croit une lettre des délégués à Louis Blanc, la date exacte de la fondation de ce comité aurait été le 18 mars [2]. — Pendant l'existence même de la Commission il avait joué un rôle important. Nous l'avons trouvé travaillant à la manifestation du 16 avril; c'est lui encore qui, le 11 mai, rédigeait une proclamation pour protester contre le mauvais vouloir de l'Assemblée en matière de réformes sociales, et refuser sa participation à la fête de la Concorde. Ce comité continua d'exister après la dissolution de la Commission, sous le nom de *Comité des délégués du Luxembourg* [3]. Il joua le rôle

1. *Statistique de l'Industrie à Paris en 1847 et 1848* (Guillaumin, 1851).
2. « Le 18 mars, nous donnons un banquet pour fêter l'anniversaire de la création de la délégation du Luxembourg. » (Lettre du 9 mars 1849. Voir L. Blanc, *Pages d'histoire*, p. 68, note.)
3. Le premier comité avait eu à sa tête : Lagarde comme président; Dumon et Godin, comme vice-présidents : A. Lefaure comme secrétaire.
Au 11 mai, le bureau a gardé le même président, mais il comprend trois vice-

d'un comité d'action, destiné à resserrer l'union des ouvriers entre eux, et à les représenter dans les circonstances qui nécessitaient leur intervention. Il noua des relations avec les ateliers nationaux, qui avaient eux-mêmes fondé un comité sous la direction d'un ouvrier; et dans les élections complémentaires du 5 juin, cette alliance aboutit au succès de P. Leroux, Lagrange et Proudhon.

Mais Louis-Napoléon Bonaparte commençait à remuer le pays par ses intrigues. Ses partisans, très habiles, le représentaient aux yeux de la bourgeoisie réactionnaire comme le défenseur nécessaire de l'ordre et de la paix sociale; et s'autorisant de son livre sur l'*Extinction du Paupérisme* [1], le donnaient aux prolétaires comme le protecteur de leurs droits, le rédempteur de la classe souffrante. Le comité du Luxembourg, guidé par un patriotisme prévoyant, s'efforça de démasquer de telles manœuvres; au moment où l'Assemblée s'occupait de dissoudre les ateliers nationaux, il rédigea une proclamation dans ce but. Il y demandait le maintien des ateliers, et profitait de l'occurrence pour protester contre la réaction qui s'agitait et contre les ambitions cachées qui menaçaient de ruiner la République [2]. Ces ouvriers entrevoyaient l'avenir avec une perspicacité prophétique, leurs avertissements auraient pu peut-être éclairer l'opinion, si la sagesse de leurs écrits avait inspiré leurs actes. Mais, s'il faut en croire D. Sterne [3], ils auraient refusé à Lamartine de faire une manifestation anti-bonapartiste, et auraient voté pour L. Bonaparte; bien plus, le 15 juin, alors qu'on discutait à la Constituante sur l'élection de l'insurgé de Boulogne et de Strasbourg, ils y auraient fait, par l'organe de leur vice-président, Blum, et par l'intermédiaire de nombreux délégués, une manifestation en l'honneur du nouvel élu [4].

présidents : Godin, Besnard et Lavoie; et trois secrétaires : Lefaure, Dehit et Petit. Cette augmentation du personnel semble indiquer un surcroit de travail. Il semble que les membres aient dû être réélus mensuellement; car, vers le milieu de juin, leur composition est encore modifiée : P. Vinçard est président; Aug. Blum, vice-président; Lefaure reste seul secrétaire, et un trésorier lui est adjoint, Jullien.

1. Cet ouvrage adopte plusieurs des théories essentielles de L. Blanc.

2. « A tous les Travailleurs! — Nous, délégués des ouvriers au Luxembourg, nous voués corps et âme à la République, pour laquelle, comme vous tous, nous avons combattu, nous vous prions, au nom de cette liberté si durement achetée, au nom de la patrie régénérée par vous, au nom de la fraternité, de l'égalité, de ne pas joindre vos voix et votre appui à des voix anarchiques, de ne pas prêter vos bras et vos cœurs pour encourager les partisans d'un trône que vous avez brûlé!... L'histoire du dernier règne est terrible; ne la continuons pas : pas plus d'empereur que de roi! Rien autre chose que la liberté, l'égalité, la fraternité. Tel est notre vœu; tel doit être le vôtre, celui du peuple! Vive la République! »

3. D. Sterne, *Histoire de la Révolution de 1848*, III, 94.

4. D. Sterne, *op. cit.*, III, 107.

Puis on les voit agir de concert avec les ateliers nationaux et pro-voquer en partie les insurrections de juin. Le 21 juin, ils protestent contre l'arrêté du ministre des travaux publics, où il était édicté que les ouvriers de 18 à 25 ans, jusque-là attachés aux chantiers, s'en-rôleraient immédiatement dans l'armée, ou se tiendraient prêts à partir pour aller faire dans les départements qui leur seraient dési-gnés des travaux de terrassement à la tâche. Le 22 juin, le comité des délégués mobilise les corporations d'ouvriers, pour se rendre avec les représentants des ateliers nationaux au Luxembourg, siège du gouvernement, où on dépose une pétition contre la mesure prise. C'est cet incident qui devient le signal de l'émeute, et c'est au nom du Droit au Travail, de l'Organisation du travail que Pujol, un des chefs populaires du prolétariat, soulève le peuple.

On sait avec quelle effrayante rapidité on prit les armes, et à quels horribles carnages on se livra dans Paris pendant trois jours. Ce fut comme une explosion soudaine de rancunes et de haines, éclatant après avoir été longtemps contenue. La présence du Comité du Luxembourg à côté de celui des ateliers nationaux au début de l'in-surrection n'est assurément pas un fait qui doive surprendre, il n'est que le résultat rationnel de l'histoire même de la Commission pour les travailleurs; la cause profonde qui détermina les émeutes de juin, ce fut en effet l'impatience de la classe ouvrière dont on avait éveillé les désirs, sans pouvoir les satisfaire. De la Commission du Luxembourg étaient parties les promesses; du Comité s'élevaient aussi les protestations contre le refus des gouvernants de les réaliser. Cela est si vrai que L. Blanc lui-même approuva l'insurrection : « L'ouvrier y protesta contre le maintien de la misère, non seule-ment parce qu'elle torture le corps, mais parce qu'elle opprime l'âme. Ce furent tous les droits de l'homme qu'il défendit au prix de son sang, dans celui qui les renferme tous, le droit à la vie [1]. » Tou-jours est-il que le socialisme fut étouffé avec l'émeute; et comme les doctrines du Luxembourg avaient été les plus répandues depuis le 24 février, ce fut surtout le communisme de L. Blanc et du Luxem-bourg qui y fut écrasé et définitivement vaincu.

Le comité ne disparut pas cependant. Les traces de son influence s'effacent peu à peu de l'histoire, elles sont presque insaisissables, et pourtant on peut les suivre encore. Son existence nous est d'ailleurs attestée par plusieurs documents : le 9 mars 1849, les délégués écrivent à L. Blanc pour l'inviter à présider un banquet le jour anniversaire de la fondation du Comité, et nous retrouvons parmi les signataires de

1. L. Blanc, *Histoire de la Révolution de 1848*, II, 183.

la lettre quelques-uns des membres des anciens bureaux : Aug. Blum, Lavoye, A. Lefaure; à côté des nouveaux : Gautier, Brasselet, Pernot et Dubuc [1]. — Le 15 décembre 1849, L. Blanc publie dans sa revue *le Nouveau-Monde* une lettre qu'il adresse aux « Délégués du Luxembourg », et, le 15 février 1850, nous y trouvons encore une missive des délégués, envoyée à L. Blanc par l'intermédiaire de Bérard, leur secrétaire.

Cette courte esquisse nous montre comment la Commission pour les travailleurs se survécut à elle-même; elle nous indique aussi ce qu'elle eût pu être, si elle avait compris les caractères de sa mission. A des recherches désintéressées, elle crut pouvoir mêler des considérations de parti; à des études économiques, elle voulut joindre et même substituer une intervention directe dans la politique militante. Cette dualité de fonctions la rendit inutile et dangereuse, tandis que la scission qui se fit après sa disparition amena d'excellents résultats : le Comité d'action, privé de l'appui de deux chefs écoutés, et du prestige que lui donnait l'institution officielle dont il était issu, perdit peu à peu de son influence. — Le Comité du travail et les commissions d'enquête, organisés par l'Assemblée dans le seul but de procéder à des recherches impartiales et sincères, animés d'un esprit modéré et pratique, surent faire sans bruit une œuvre féconde. Le Luxembourg l'eût-il sagement prévu et intelligemment compris, nous n'aurions pas à déplorer les tristes effets qu'il a produits.

III

CONCLUSION.

Si nous voulons, au terme de notre étude, examiner sans parti pris les conséquences qu'a pu laisser l'existence de cette institution, nous serons amenés à constater l'influence funeste, désastreuse qu'elle exerça sur le sort de ceux qui en attendaient les meilleurs résultats, ses créateurs et ses chefs; sur la situation de la classe ouvrière; sur les destinées mêmes de la France tout entière.

L. Blanc et Albert avaient vu leurs premiers efforts couronnés de succès; mais le parti modéré eut bientôt raison de leurs tentatives politiques : ils furent vaincus. La chute fut encore plus complète : les événements, qui souvent dominent les hommes, les firent passer au rang de factieux.

Dès le 15 mai, M. Landrin, procureur de la République, vint deman-

1. L. Blanc, *Pages d'histoire*, p. 68, note.

der à l'Assemblée l'autorisation de poursuivre Albert. A la presque unanimité, elle fut accordée; la justice commença son œuvre. — Quant à L. Blanc, ce ne fut que le 31 mai que le procureur général Portalis réclama de la chambre sa mise en accusation, comme complice de l'attentat du 15 mai. Malgré un rapport favorable de Jules Favre, caractérisé par le mot d'un journaliste de l'époque : *une jatte de lait empoisonnée*, malgré l'avis conforme de la Commission exécutive, la mesure fut repoussée à la majorité de 32 voix. Le scrutin, après une épreuve douteuse, donna les résultats suivants : 337 voix pour, et 369 contre les poursuites [1]. Cette hésitation dans le vote laissait prévoir de prochaines et nouvelles attaques de la part des adversaires de L. Blanc; un échec aussi honorable n'avait pu les désarmer. Après l'insurrection de juin en effet, l'Assemblée institua une commission d'enquête, chargée de rechercher tous les auteurs, instigateurs, ou complices de l'émeute. La commission, présidée par Odilon Barrot, se livra pendant plus de six semaines à une investigation minutieuse non seulement sur les journées de juin, mais sur tous les faits qui s'étaient déroulés depuis la Révolution de février, sur le 17 mars, le 16 avril, et le 15 mai; et elle fut amenée à examiner le rôle que L. Blanc y avait joué. Elle conclut, par la voix de son président, à une demande de poursuites. Le débat, très ardent, très passionné, qui s'engagea le 25 avril à midi et dura toute la nuit jusqu'à six heures du matin, se termina par une autorisation accordée par 504 contre 252 voix. A la sortie de la séance, L. Blanc chercha asile chez un de ses collègues, M. d'Aragon; puis, sur les instances de son frère et de son ami, qui ne trouvaient pas la retraite assez sûre, il prit le même soir le train pour l'Angleterre.

Le procès ne fut jugé qu'en mars 1849 à Bourges par une haute cour spéciale sous la présidence de M. Bérenger. Albert y fut condamné à la déportation. Il subit dix années de détention, et ne recouvra la liberté qu'avec l'amnistie de 1859. Quant à L. Blanc, condamné par contumace à la même peine, il dut faire oublier dans un exil de vingt-deux ans le rôle qu'il avait joué en 1848. Tels furent les tristes fruits que recueillirent le président et le vice-président de la Commission !

L'institution du Luxembourg n'eut guère de plus heureuse influence sur le sort de la classe ouvrière. Les discours retentissants de L. Blanc avaient provoqué une curiosité très vive, et souvent des discussions ardentes. Ils eurent pour effet d'exciter les désirs des uns, d'irriter la haine des autres. Ces résultats ne découragèrent pas les imitateurs :

1. *Moniteur*, 4 juin 1848.

le 15 juin, Pierre Leroux croit devoir présenter à la tribune un exposé de ses doctrines; avec le charme d'une sentimentalité toute mystique, avec l'ardeur d'une profonde conviction, il demande qu'on favorise l'association agricole, la colonisation, qu'on institue des communes républicaines, il fait le plan d'une civilisation nouvelle qu'il veut fonder. Le 31 juillet, Proudhon, en venant proposer son fameux impôt du tiers sur tous les revenus, est entraîné à dresser l'acte d'accusation de la société moderne. Il réclame l'abolition de la propriété, et vante les mérites d'un système de crédit gratuit qui mettrait en équilibre la consommation et la production. C'est alors que Thiers reparaît à la tribune, pour opposer aux vues chimériques du théoricien provocant et fougueux, le bon sens, la froide logique d'un politicien expérimenté et clairvoyant. Et ce tournoi oratoire, où l'on eut raison de voir comme une reprise des débats du Luxembourg, devient le signal d'ardentes campagnes socialistes; les brochures, les articles de journaux et de revues se multiplient de plus en plus violents, jusqu'au jour où les discussions économiques et sociales renaissent au sein même de l'Assemblée, au sujet de la Constitution.

En juin 1848, une première rédaction de la loi constitutionnelle avait consacré le droit au travail. Mais, après les événements de juin, le comité modifia le texte de cet article, en ne voulant reconnaître qu'un devoir de la société là même où il avait semblé admettre un droit de l'individu. Un long débat s'ouvrit à la chambre sur ce point, et tous les orateurs, Ledru-Rollin et Lamartine aussi bien que Thiers, Duvergier de Hauranne et Mathieu de la Drôme tombèrent d'accord pour écarter toute apparence de promesse illusoire. Il ne s'agissait dans leur pensée que d'affirmer un principe théorique, qui, progressivement, selon les nécessités et selon les circonstances, devrait recevoir une application de plus en plus satisfaisante, mais qui n'imposait aucune obligation immédiate, aucune réalisation précipitée. On était loin des chimères communistes avec un texte ainsi conçu : « La République doit, par une assistance fraternelle, assurer l'existence des citoyens nécessiteux, soit en leur procurant du travail dans les limites de ses ressources, soit en donnant, à défaut de labeur, des secours à ceux qui sont hors d'état de travailler [1]. » Tel est le résultat des longues expositions, des discussions nombreuses, que suscitèrent les théories du Luxembourg : la reconnaissance officielle d'un devoir social, que tous les gouvernements ont toujours admis et se sont toujours efforcés de remplir!

_____

1. Constitution de 1848, art. 8.

Quant aux mesures pratiques adoptées par la Commission du Luxembourg, elles n'eurent pas grand effet : les décrets relatifs à la durée des heures de travail furent abrogés dès juillet 1848 ; pour le marchandage, il se pratiqua bientôt, en dépit d'une prohibition tombée vite en désuétude, et même avec plus de faveur qu'auparavant, pour les grandes entreprises. Les autres réformes proposées ne reçurent aucune exécution.

C'est plutôt dans le rôle tout officieux de la Commission qu'il faut chercher une œuvre utile et durable. Nous avons vu comment elle se mit à la tête d'un mouvement coopératif, qui se développa sous la seconde République ; nous avons examiné aussi dans quelle mesure le Comité du travail avait repris les fonctions arbitrales du Luxembourg. En se contentant d'apaiser les esprits, au lieu d'exciter les convoitises et les haines, en cherchant à améliorer les institutions existantes, au lieu de bouleverser la société entière, la Commission de gouvernement travailla donc non seulement avec profit pour le présent, mais avec efficacité pour l'avenir. Mais ses conciliations empêchaient l'aggravation du mal sans le guérir, et l'ère prospère des associations ne s'ouvrit que du jour où à l'intervention directe de l'État on substitua l'indépendance pour les associés.

On ne peut donc s'étonner que les efforts du Luxembourg, pour remédier au sort des travailleurs, soient restés impuissants. Le chiffre des affaires diminua en 1848 de 54 p. 0/0, et le nombre des ouvriers laissés sans ouvrage s'accrut dans les mêmes proportions [1]. Comme tous les objets de première nécessité avaient par contre augmenté de prix, la condition des ouvriers fut pendant cette période plus misérable qu'elle n'avait jamais été !

Les conséquences de l'institution furent plus graves encore : le Luxembourg personnifiait le socialisme ; ses premiers succès sur la scène publique jetèrent l'effroi dans les classes aisées de la population, qui virent dans son triomphe un danger pour la liberté, une menace pour la propriété. La bourgeoisie qui s'était alliée avec le prolétariat pour faire la révolution, s'en écarta avec crainte, dès que le but commun eut été réalisé. Les modérés aimèrent mieux se rapprocher des anciens partis que d'accorder les concessions dangereuses réclamées par les réformateurs. Ce furent donc les prétentions du socialisme et les ambitions de ses chefs qui provoquèrent la réaction.

Avec la disparition du péril, les républicains auraient pu se ressaisir, écarter toute compromission avec les monarchistes, et rendre à la France la liberté conquise. Mais les circonstances favorisèrent de tout

---

1. *Statistique de l'Industrie à Paris en 1847 et 1848* (Guillaumin, 1851).

autres desseins : un ambitieux sut habilement exploiter l'anarchie
dans laquelle les luttes sociales avaient laissé le pays; au milieu des
troubles, il se donna comme un sauveur. Il s'appuya sur la classe
pauvre, en flattant ses désirs, ses passions, en promettant de réaliser
les espérances qu'avaient fait naître les utopies socialistes, et particulièrement les théories du Luxembourg. Il gagna la faveur des
réactionnaires, en les convainquant qu'il saurait rétablir l'ordre politique, la paix sociale dans une nation troublée sans cesse par les
insurrections de la classe ouvrière, menacée par les revendications
des prolétaires. Il dut une part de son triomphe aux illusions et aux
craintes répandues par les communistes, et surtout par L. Blanc.
L'asservissement de la France pendant vingt ans sous un maître auto-
ritaire qui l'a conduite au désastre, voilà donc le résultat final de
l'agitation socialiste; voilà la triste expérience que nous a léguée
l'institution du Luxembourg.

GEORGES CAHEN.

www.ingramcontent.com/pod-product-compliance
Lightning Source LLC
Chambersburg PA
CBHW070807260626
47161CB00006B/2180